新 潮 文 庫

人生のこつあれこれ 2012

よしもとばなな著

新 潮 社 版

9670

目 次

Contents

本文イラスト

山西ゲンイチ

（人生のこつあれこれ 2012+Banakobanashi）

人生のこつあれこれ 2012

1月
January

1月

こんなに食いしん坊で食べてばっかりいる私なのに、一月の七日くらいに突然に「もう食べるということ全体に疲れたな」とふと思った。お歳暮でいただいたずわいがにを食べ過ぎたのだろう。かにって大好きなのに少ししか食べられない私なので、そこですごい満腹になったのだろう。

こうなると突然少食期が始まる。

これが始まると、あの、食べることばっかり考えていた日々はなんなの？　という感じになり、体重は減り、血糖値は下がり、勘が冴《さ》え、血はさらさらになり、酒も減り……これが一生続くといいのだが、数ヶ月でだいたい終わって、大食期がやってきてしまう。大食期はとにかくいろんなものが食べたいし、飲みたいし、なんでも大きくやってこい、大漁だ大漁だ！　酒は一気飲みだ！　みたいな不健康なメンタリティに支配されているので、トータルしてちっとも健康にならないし痩《や》せもしない。

中年になって、たまにしゃれにならないパンパンさになるようになった。数日過食すると、面白いくらい太るのである。目に見えて、首の周りや二の腕に肉がつく。もちろん腹にも。風船みたいに。

でも面白がっている場合ではない。これを続けていくと、糖尿病家系の私はアウトだ。

しかし、そういうときはたいてい忙しすぎてがさつな気持ちになっているので、太っていくのも気にならないという悪循環。

「フランス女性は太らない」という有名な本があるのだが、これを読み終わると突然「人生、このトーンがいい、おいしいものを少しだけ食べよう」というキラキラした気持ちになる。私にとってはこの本「世界一の美女の創《つく》りかた」よりも有効だった。きっと仕事をバリバリして旅も多い女性の本だからだと思う。

これを大食期の始めにいつも読もうと決めているのに、つい忘れて大食に入ってしまうのだ……

で、自分ができないのに勧めるのもなんだけど、あの本、ものすごく有効（説得力なし)。


　このあいだ、すごく年上の彼やご主人を持つすごい美人の女の友達とごはんを食べていたら、ふたりとも「お互いの仕事のいやだったことやストレスはふたりでは話し合わない、それぞれで解決して、家にはとにかくもちこまないようにする」と言っていた。

「だって、五十も過ぎてさあ、家に帰ってきてからも暗い話なんていけないよ！　家ではさあ、ただ気を抜いてバカになれないと。楽しいことだけでいいよ、ただ明るい雰囲気だけでいい」「ね〜！　ほんとうにそうだよね。五十過ぎて家に帰ってまでつめて考えられないよね」

　ふたりが声をそろえてそう言うのを聞いて、この人たちがモテるのは美人だからだけじゃない、本気でこう思っているからだ、と思った。

　もちろん私もできないほうだ。

私もこんなに男みたいに働いてるんだから、男に甘えさせるもんか！　みたいについ思ってしまうことがどうしてもある。

でも、その筋が通った私の理屈が、人間そして男女にあてはまり通用することはまずない。

「なんでも話し合う夫婦っているけど、私は、何十年もたつうちに、自分のことは自分で解決して、ただ楽しく過ごそうとした夫婦と差が出るような気がするな。もちろん人によると思うけど、うちは今のやり方が合ってると思う」

と彼女たちのひとりは言った。

私はとても感心してしまい、女性が女性であるってどういうことだろう、と考えた。

そして結論が出た。

女性は、鷹揚《おうよう》であるところがいちばん大事なんじゃないかなって。

モテるためとか、家庭を円満に収めるために、とかそういうためにじゃない。

女性の心と体のためにだ。

「ま、いいか」「あんまり考えてもね、さ、お菓子食べて寝よ」

みたいなところがないと、女性の人生はきついのではないだろうか。

誤解を恐れずに言うと、結婚したくないわけではないのに、しないでずっときた女性の共通項は「善悪好き嫌いをかなりきっちりつめる」「いろんなことをきっちりとつめて考える」ところなような気がしてならない。

それが悪いというのではなく「善悪や好き嫌いをつめると、人と暮らすのがすごく大変になる」ということなのだと思う。

ゆるく、わりとどうでもよく、わりと無頓着《むとんちゃく》で、ときには相手の要望を無視してぐうたらでき、「ま、いいか」が合い言葉みたいなほうが、人と暮らすには楽なのだ。

もともとは神経質でつめるタイプ、さらに、いろ〜んな人と暮らしてだんだんだらしなくなってきた私なので、多分これは間違いないと思う。

しかし女性は年齢を重ねてひとりでいると、世間もうるさいから、どうしてもその「好き嫌い、つめる、はっきりと自分がある」という部分にどんどん重きをおくようになる。

それで男が寄り付かない……という悪循環になる気がする。

ひとりでいてもかなりハッピーでゆるくて、もういいや、楽しく一生一人で生きると決めている女性は、かなりの年齢でもとりあえず男は絶えない。

今はひとりだけれど結婚したい、そういうまじめできっちりしていて、おおむねすてきな女性たちを責めているのでは決してなく、単に事実だと思うのだ。

悲しいけれどこの世は筋が通ってないものだし、善悪に至っては法律にふれない限りは全員がてきとうな基準をてきとうにすりあわせて生きている。

女が外で働いてどんなにへとへとで帰宅しても、男の人は「たいへんだったね」とは言ってくれるが、洗濯や皿洗いや調理やその後片付けをしないし、頼めば毎日同じことを同じようにやってはくれても、その脇道《わきみち》の家事を加減して見ながら臨機応変に対応なんてもちろんしてくれない。

これはあくまでたとえだが、いつも花瓶に花があるな、までは気づいていてもたいていは「チューリップだった？　バラだった？」と聞いたら忘れているだろう、インテリア関係か花屋でもない限り。

それは遺伝子の問題だから、もう理屈ではない。紙に家事の分担を書き出してもきちんとやってくれないともめている共働き夫婦もよく見るけど、そんなのはもう仕方ない。長年頼んで、ちょっとずつでも自分の分担をやってくれるようになれば御の字だ。そしてその頃には自分もあきらめて男性に対して鷹揚になる。「ま、いいか、お茶漬けで」「ま、いいか今日はこのくらいで」「掃除してないけどさっとふいて終わりでいいか」と立派なてきとうおばさんになっていくか、こつをつかんできりきりしないようになるか、手を抜く加減を体得するか、力仕事や運転や電球を替えることなどをたっぷり頼むか……そうやって替えのきかないうまくいっている夫婦ができあがっていくのでは。

男性は、自分の場所を自分なりに整えることには興味があるが、自分の巣全体を快適に保つという、世話をするという本能がないのだ。女性は基本的に独自の整え方ではあっても、どんなに疲れていても自分にとっての快適な巣にすごくこだわっている。散らかっているのが好きな女性はたくさんいるが、それは彼女たちにとってこだわる快適さがそこにあるからだと思う。

そして女性が男性のように働くと、疲れてきて、自分にとって快適な環境を作る暇がなくなり、どんどんきりきりしてなんでもつめていくようになる。

人権とか平等の問題は、私には語ることができない。

職場でのセクハラのすごさを私も外で働いたことがあるからよく知っているし、なんでより仕事ができても女だと給料が安いの？　と思ったこともある。

でも男が仕事でさらされている嫉妬《しっと》や虚栄心や権力の世界のすごさを見ると、やっぱり女は楽だなと思うこともある。

だけれど、そういうことの全《すべ》てを超えて、健康のために、体のためには、やっぱり女性は他人に対して鷹揚なほうが楽だと思う。

「五十過ぎたって、人間はいつもちゃんと成長しているべきだし、問題には常に向き合うべき。いろいろなことを分かち合うべき。だからいつもちゃんと話し合ってふたりの間のバランスをつめていたい」

そう言いたい人もいっぱいいると思う。

私も一歩まちがえるとそういうタイプ。

でも、それは多分「ま、いいか」の真実には迫れない。

なによりも「ま、いいか」のほうが、家は汚くなるし、すっきりしないことがいろいろあるのに、家庭に笑顔があふれていやすくなる。いやすいほうがいいから、ま、いいか。

そのくらい人間っていい加減なものだし、有機的で、どろどろして、生々しい、つまりは動物であることから、全部は離れられないものなんだと思う。

私のことを、お金持ちだと思い続けている人もいそうだし、家事をなんとなく人にまかせて、なんとなくいい感じで手を汚さずに生きていると思っている人もいそうだな、ってたまにいただくメールとか手紙で思うんだけれど、ほんとうに、そうだったらどんなにいいでしょうと思います。

作家は労力のわりにもうからない仕事だし、家事と育児はどろどろになるまでやっているし、動物が好きだから家中が排泄物《はいせつぶつ》だらけでいつも掃除しているし、晩ごはんは九十%自炊だし、なんといっても机に向かい引きこもる仕事だし、手はいつもガサガサ、腰はいつも痛い、睡眠もいつも足りない。人生は永遠に続く労働だなって思っている。

それでも自分の家族と今は父が働けないので実家を支えるお金を出したら、なにも残らない。中年ってきっとそういう時期なんだと思う。

でも、不幸ではない。父が家族を充分支えるお金を残せなかったのは、父がまじめすぎてお金に汚くなさすぎたから。決して贅沢《ぜいたく》ではない人生を生きてきた。だから誇らしい気持ちで送金している。

忙しすぎてＰＴＡの会合に出られないのがいちばん申し訳ない！　っていつも思っているが、チビは学校が楽しくてしかたないみたいで、会合に出ている他のパパやママにまで仲良くしてもらっているらしく、ちょっと罪悪感が薄れる。

そんな生活では常に過労気味なので、倒れるとそうとう重篤《じゅうとく》になる。

今回はひどかった。単なるインフルエンザで終わらず、いつまでたっても起き上がれないし、急性中耳炎で痛くて気が狂いそうになった。薬が強すぎて薬でも倒れるが、飲まないわけにはいかず、ほんとうにひどい状態になった。

松浦弥太郎《まつうらやたろう》さんの「愛さなくてはいけないふたつのこと」を、寝込み後半に読んだ。本が読めるようになったのも最近で、当時は痛すぎて字が読めず、メールもろくにできなかった。

彼が自分の全てを等身大に文章に写している姿には、いつも胸うたれる。

人々が「なんだよこいつ」と思うかもしれないことを、堂々と、もはや彼の業《ごう》とか性とかそういうものとして、まっすぐに書く、昭和の文人のような立派な態度だと思う。

耳あたりのいいことを全く書こうとしていないのも男性らしくてすばらしい。

決して楽ではない人生を、ただコツコツと歩いていく彼の文章が、弱っていた私に軸を作ってくれた。

彼は自分の私生活を仕事のためにものすごく制限して、仕事に影響が出ないようにしている。徹底した健康管理はいさぎよいほどで読んでいて気持ちがよかった。

月曜日に風邪でつらいと言いながら出社してくる人がいたら「今日の分のお給料を返してください」と言うと彼は書いている。どうして土日を体を休めるために使わなかったんだ、と。

私は自分を恥ずかしく思った。目一杯つめこんで、見切り発車でがんがんやって、過労で倒れて、周囲に迷惑をかける……そんなくりかえしでなんとかやってきた私。

尊敬する荒木飛呂彦《あらきひろひこ》先生も徹底した生活管理をして長年の過酷な連載に耐えてきたのだし、私ももうすぐ五十、そろそろまじめに考えなくては、と真剣な気持ちになった。

倒れた初期、本も読めない、原稿も書けない状態だったので、薬でぼうっとしたまま、痛い頭を押さえて必死でお弁当をつくり、子どもと夫を送り出して、ソファに倒れ込んで十時からの帯の韓流《はんりゅう》ドラマをぼんやり見ていたら、私はこの十年間ドラマをぼんやり見たこともないし、朝ソファに座ったこともないと気づいた。

いつもメールを書いているか、パソコンに向かっているか、仕事で観《み》なくてはいけない資料や映画を観ているか。仕事で読まなくてはいけない本を読んでいるか。

自分の好きなことをする時間はほぼゼロで、それでもなんとかギリギリで回していたのだった。あるいは好きなことをしていても時間に追い立てられてあわててやっていた。

こんなことは長く続くはずがない。

こんなのは人生の一時期だから、目一杯やっちゃえ、いけるいける、そう思っていた私だが、そうではない。やはり人間はどんなときでも自分に糧《かて》を与えなくては生きていけない、そういう生き物なのだと思う。

さすがに反省したし、自分をもう少しちゃんと世話してあげないと、結局はいいものを書けないのだと思った。

過酷だった激務の日々は、修行だったのだろう。

これからは自分をいたわりながら、体と二人三脚で、少しずつ生きていかなくてはいけない。

自分を責めるでもなく、人を責めるでもなく、いろんなことを制限してでも、毎日をゆっくりしよう。健康でいよう、いい小説だけを書こう……松浦さんの本はがんばりすぎてきた私の背中をそっと撫《な》でてくれたような気がした。


私はいろんな人に「思ったより全てが大きい！」と驚かれる。身長はひそかに百六十五センチあるし、体重は……とにかく大きい。

最近、仲良くあちこちに出かけているのんちゃんが、これまた私よりもずっとでかい。背も高いし、すらりとしていて、宝塚の人みたい。

このあいだ新宿三丁目で映画を観て、帰りにイタリアンでふたりで夜ご飯を食べていたとき、はっと気づいた。まわりには普通の人に混じってさりげなくゲイカップルがいっぱい。ああ、私たちのこの大きさ、組み合わせのよくわからなさ、深夜近くにふたりでイタリアンを食べている感じ……これは全員が私たちのことを年のいったレズカップルだと思っているだろうなあ。私がもし外から私たちを見たら、きっとそう思うもんなあ。仕方ないよなあ！

　やけになって、腕を組んで帰りました。

2月
February

2月

おそろしいインフルエンザ&中耳炎の山を超えたと思ったら、二回めのインフルエンザが襲ってきた。免疫力《めんえきりょく》が弱っているときにいろいろな種類の病院に行っていれば、そりゃあもらってくるでしょうよ、と思うのでしかたない。

じっと治療するのみだ……。

よしもとさんの日記って、仕事を減らすとか言って結局過労で倒れて反省するくりかえしじゃない？

そうです、そのとおりです！

しかしそれでもわずかに進歩しているのです！

っていうか、人ってわずかにしか進歩できないのです！

今月は病院にばかり行っていた。予定表も病院ばかり。

家族全員のお見舞いと、自分の内科や耳鼻科。

最高で一日四つの病院を回っていた。これじゃあ治るはずもない。しかも家族に関してはあまり役にたたなくて、ほしいものをちょっと買ってきたり、お祈りしたり、なでなでしたり、ただ横に座ってるだけしかできないのに、自分しかいないと思うと行ってしまう。

運転しているはっちゃんにも深く感謝をしている。はっちゃんのガールフレンドのお父様が亡《な》くなったときも、私は自分の家族のために運転してもらっていた。お仕事とはいえ、申し訳なく、ほんとうに心から感謝するしかできない。

一回めはたぶん新型だったけど、二回めは普通のA型インフルエンザだとわかったので、はじめてタミフルを処方された。この薬では子どもがうなされたり飛び跳ねたりするというのでドキドキして飲んだ。

そして飲んでみたら、ものすご〜く楽しかった。

肉体の情報と精神が切り離される感じ。

たとえば、朝起きる、熱が三十九度あるとする。

もちろん起き上がるのはしんどい。

しかしそのしんどさの内容を深く分析してみると、当たり前のことだがたいていは純粋な熱のつらさだけではなく「ああ、起きなくちゃ、体が重くても、皿を洗わないと。ふきんも補充して、ぞうきんを干して、そうじも少しはしなくちゃだし、そのあと犬の散歩も行って、お弁当を作って、晩ご飯の下ごしらえもして、あの案件に返事もして、契約書も見て、エッセイを数本書いて、それから各種病院に行かなくては、その頃には家族も帰って来るから晩ご飯をその時間までに用意して、チビの話も聞かなくちゃだし、この体調でそれだけのことをしたら、うわ〜、どれだけしんどくなるのだろう。どこかで十五分くらい寝れないだろうか……」などという「予想そのもの」の重さなのだ。つまり、考えの重さが体にのしかかるから、ますます具合が悪くなる。

よくスピリチュアルな本に「したいことだけしなさい」とか「『〜しなくては』と思ってなにかをするのはよくない」とか書いてある。それは確かにそうだろう。でも、目の前に犬のウンコが落ちていて、片づけなくては！　と思わないで片づけるのはと〜ってもむつかしいと思うの。だからそのへんは書いてあるほどすぐには解決できないと思う。できたときには、そりゃ確かに人生変わっているだろうとも思う。

私は時間を細かく割るのがこつだと思っている。

ウンコを細かく割るのではなく（笑）、二十分以内にウンコを片づけてから洗濯物をたたむ！　ああ、忙しい、その中になんの楽しみがあろうか……とタイトに考えると夢も希望もなくなるが、人は片づくと嬉《うれ》しいし、その嬉しい気持ちで洗濯物を見ていると子どもが赤ちゃんだったときのことなど思い出され、ちょっと心に隙《すき》間《ま》ができる。その隙間からいろいろなことが無限に展開していくものなのだ。そのとき時間の概念も消えるし、やるべきことはみんなできるようになることがある。

細かく割るとますます忙しさが大変になるような気がするが、なぜかそうではないのだ。

大きくするのは簡単だ。果てしなく大きくしたら「産まれる、育つ、死ぬ」でおしまいだ。大きくするほどなぜか余地がなくなるのだ。

これと同じ感じで「どうせまた使うのになぜ片づける」「またすぐ洗うのになぜ洗濯する」「お茶をいれて急須《きゅうす》を洗ってまたお茶をいれるのはめんどうくさい」など、大きく見ると逆にどんどんタイトになる。

実は、割っていくほどそのわずかな余地に、なにかが生まれる可能性がいつだってあるのだ。

人はそれを信じるとか希望とか呼ぶんだと思う。

私が書くと実に軽々しいが、収容所にいたユダヤ人のフランクルさんさえもが千倍くらいすばらしい文章でこのことを書いているのだから、間違いないと思う。

しかし、しかし！　薬物で考えと体が切り離されていると、熱が三十九度あるということと、そのたくさんの「楽ではないタイプの予定」がなんの関係もなくなる。なんていうか、楽しいから別に気にならないっていう感じなのだ。健康な人って、もしかしたらこんな楽しい毎日を生きているんだろうか、キー！

私は体が弱いし高校生くらいからひどい貧血だからいつもしんどいのだと思っていたけれど、どうも人の心と体とはそれだけではなさそうだ。

つまり、ストレスというものとのつきあいかたか？

それが、タミフルごときで解決されるようなものなんだと思ったら、長年悩んできたのがばかばかしくなった。

そのあいだは、家族がインフルエンザその他重病などでばたばた倒れてることも不安ではなく、今、みんな生きてるからいいさ〜、くらいのごきげんさだった。

楽しかったから、モルジブも行くことにして、熱が下がってから即飛行機に乗ってしまった。

モルジブに行くのはとてもお金がかかる。いつも格安でしかもホテルランクも低めで旅をしている私にとって、目ん玉が飛び出るような額で、思わず定期をくずしてしまった。でも、それがチビの夢だったのだから、しかたない。半年前に予約して、やっとその日が来たのに、私はインフルエンザだし、子どもは風邪ひいて熱があるし、夫は咳《せき》などしていて風前の灯だし。

乗り継ぎのシンガポールで全員がソファにぐったりと崩れ落ちてマスクをしているさまはまるでサバイバルの旅。

でも、タミフルを飲んでいるあいだは、それでも楽しかったのだ……

自分の人生っていったいなんだったんだろう?

タミフルは最大五日間しか飲めないので、モルジブでの二日めに薬が切れたら、あの重いもやみたいなものがデジタルに戻ってきた。

昨日までは起きたらまず頭の中にすばらしい空間があったのに、薬が切れたとたんに、

「ああ……歩いて朝食会場まで行かなくちゃ、そして泳ごうにも着替えなくちゃ〜」

と思ってしまったのだった。

っていうか、まず、その状態で耳も悪いのに泳ぐなよ、オレ。

あの、頭の中の豊かな空間。

タミフルなしで、いつか取り戻したい。

ちなみにモルジブで泳いでみたらすぐそばにびっくりするくらい大勢の魚がいて、ギャルばかり百人くらいいる渋谷の交差点にひとりおっさんとして立ってるみたいな感じだった！

あと自然な感じでサメがコテージの下に来るからびっくりした〜。

海の中でのあせりは心臓の鼓動と呼吸の速さとしてすぐにわかってしまうので、それでまたあせるという悪い循環になりやすいから、それを理解すれば落ち着くことができる。

まあいつかは落ち着いていてもかじられるのかもですけどね……！

心は毎日幸せだった頃を思って嘆き、いつも這《は》うようにぎりぎりの体調で悲しく、調子が戻らないから少し動くとばったり寝込む。

そんな感じの日々だった。

好きな本を読んだり、好きな韓流ドラマ（「華麗なる遺産」を一気に！）を観《み》たり、そんなことでちょっとずつ元気を取り戻すしかない。栄養を与えて、心も少し起き上がらせる。

あせっても嘆いてもしかたない、体に聞くしかない、そんな感じだった。

ごはんもほとんど食べられずお店では必ず残してしまうし、すぐ満腹になったりおなかを壊したり酔っぱらってしまうから、外食ができなくて家で少しずつなにかを食べた。

おかゆ、果物、酵素、コーヒー、お茶、いろんなスープ、チョコレート。カウブックスのグラノーラ、近所の激うまパン屋さんのバゲット。

ちょっとで満足する力のこもったそんなものを食べてなんとかしのいでいた。

そんな日々の中で、平松洋子さんにいただいた文旦はそれこそマナというものみたいに、体に直接しみてきてびっくりした。きっと果物って昔はこういうものだったんだ！　と思った。アダムとイブがどうにかなってもこれじゃあしかたない、これだけでいいくらいのパワフルなものだったんだなと。さすが平松さんで、この文旦は果物界では最強だった。

それからもうひとつ、決定的なことがわかった。

ふと、震災の翌々日に多分放射能をばんばん浴びながら食べに行ったあるラーメン屋さんがそういえば病院の近くだなと思い当たったので、お昼を食べに寄ってみた。かなりしょっぱいけれど、印象に残る味だったからだ。

とても小さいお店なので問い合わせが来ても申し訳ないが応《こた》えられない。ごめんなさい。ここまで書いておいてなんだよ、行きたいよ！　と思われる方がいると思うので、胸が痛む。ただ、私の言いたいことは、そこはうまいよ！　ということではないというのもお伝えしておくし、「覆面」というキーワードだけを書いておく。もし行くのなら、静かな気持ちでそっと行ってほしいなと思う。

いわゆる口うるさい系のがんこマスターであることには変わりないいんだけど、ものすごくいい人であるその人が、長年の研究の元に一杯ずつ誠実に作っているそのラーメンのだしは、例えていうなら、一期《いちご》一会《いちえ》というか、今は今しかない、今食べ終わることで全《すべ》てが丸く収まる、そういう味なのだ。

「もう二度と来なくても、満足だ。しかし、もしもまたここに来たなら、また一からはじめられる、そしてどんぶりを返すときに、全てをまた終えられる」そういう味。

はじめ私は衰えていたので、一杯を食べるのに必死で、そのすごさがわからなかった。しかし、その日の夜にふっと体と精神が久しぶりになにかで満足した、栄養を得た、という感覚を持っているのに気づいた。

ふつうのラーメンは必ず後をひくようにできている。また来てもらうためにも、その場で完結しない。そういう意味ではあらゆる食事どころがそうだと言える。

でも、確かにマクロビオティックのお店はそうじゃない。満足して、そこで完結する。おいしすぎず、大量には食べられず、でもしっかりして力がこもっている。

一般に置き換えると田舎の野菜料理のような味。冷や汁とか、のっぺい汁とか、豚汁とか、とにかく毎日あるしそのときはすっと食べてしまうんだけれど、体を創《つく》る味。その中に入っている材料のひとつひとつが近所で普通にとれたものをだれかが毎日ていねいに調理したもので、その季節にしかないもの、そういう感じ。

だから大勢の人々がマクロビに求めているものが、とてもよく理解できる。

体が満足して、その時間をしっかり終えられるものを食べたい、体に悪い影響や麻薬的な印象や強い引きがないもので、惑わされずに毎日の中で普通にしっかり満ち足りたい、欲望を育てすぎず、ちゃんと人生を生きたい、そう思うのだと思う。

でも、実は真相はマクロビの部分だけにあるのではないのだと思う。

ラーメンでも、家族の作ったものでも、肉でも野菜でもいい。

力があり、自分を育《はぐく》んでくれるもの、まやかしではなく、派手さもなく、時間の流れと同じ速さで体を作ってくれる、今しかない、静かに満ち足りたものを口にしたい。

何回か味わえば、必ずわかる、あの感じ。

それが人間の食に対するほんとうの欲求なのだ。

つまり今は食材も創り方もその扱いも全てが力不足で補充できないから、最後の手段として健康を欲する人々はマクロビ界に追いつめられていったんだと思う。

そのお店のだしはもちろん秘密なのだと思うが、信じられないようなすばらしい材料を信じられない分量使っていることだけはわかる。かなりしょっぱい味だが、その塩分はだしの純粋な濃さなのだ。だからたくさん飲めないけれど、しょっぱいと残したい気持ちにはならない。そこにチャーシューや野菜や細麺《ほそめん》がよいバランスでからんでいて、がつがつした気持ちではなく、ゆっくりと食べたくなる。

心の中や細胞まで、なにかをいただいた、そう思えるだし。

海亀《うみがめ》とかムール貝とかワインとかロブスターとか貝柱とかあさり三キロとか、店主は日替わりでむちゃくちゃ工夫していろんなだしを取っている。もっと薄くして後をひく材料を入れれば、もっとお金がもうかるだろうに、ふんだんに材料を使わないとできないあの濃いだしを貫いている。

チャーシューも信じられないくらいていねいに作っているので、あれなら豚も浮かばれるだろう。

うまい！　おいしい！　もっと食べたい！　という味を作るのは意外に簡単だ。いくつかのうまみ成分を組み合わせればたやすく人をひきつけることができる。

もっと大事なのは腹の底から育まれた気持ちになることだ。

おかゆとかいろいろな具の入ったスープとかが本来目指しているもの、それがだしというものなんだ、と思った。それがなにのだしであろうと、だしが貢献していない料理は世界中にない。だからだしを本気で取ったものを少量食していれば、体の欲求はかなり満たされるんだと思う。

しばらくちょくちょく通っているうちに、私は体がそのラーメンを完全食として欲しているのを強く感じた。おいしいものにはまって何回も食べるのとは違った。体が奥のほうから理屈抜きで求める感じだった。回復していく過程でどんどん味がよくわかるようになっていった。はじめは鼻づまりや熱で味がわからないのに本能で求めていたということもわかった。一口の汁が、五分間自分を立たせる、せっぱつまっていたのでリアルにそういう感じだった。

人になにかを与えたいな、そして自分もそのことでも味の面でも楽しんで満足したい、悔いない人生にしたい、そう思っているマスターが作っているあのだしは、直接命をチャージするものだと思った。

またも過労でばったり倒れた自己管理能力がない私を反省してもいるけれど、人になにかを食べさせるということに関して、改めてまた考えるいい機会だった。

ところまで書いてさっきはっちゃんに会ったら、

「やはり、食の満足の鍵《かぎ》や体重コントロールの秘密はだしじゃないかと思う」

と言っていたので、びっくりした。

同じラーメン屋さんに通っていたのも大きいと思うけれど、はっちゃんはついにこのあいだかつおぶし削りを買っていたし、山梨まで味噌《みそ》を買いに行っていた。彼のほうが、切実さは私に負けてもだしというものの本質に私よりもせまっている予感がする。

やはり、これからはだしだ。はっちゃんとだし教を作ろうかな……

週末みんなでだしを飲み合って、静かに瞑想《めいそう》するの（やっぱりいやだ）。


元婦長さんだった仲の良いおばあちゃんが私に教えてくれたのは、

「寝間着と洋服のあいだの壁は意外に分厚い」ということだった。

退院しても疲れて家で寝ているうちはまだ回復していない、洋服に着替えられたら、そうとう力が戻ってきているということだと。

あるところから、洋服に着替えたいと思うようになった。

その前はパジャマでいるのが精一杯で、病院から帰って来たらすぐにパジャマになって横になって、疲れた体を整えていた。

着替えたいと思ったときに、いつも「それパジャマ？」と聞かれるワードローブしか持っていない私でも、やっぱり嬉《うれ》しかった。

少し前、とても忙しくかつ移動が多い時期に、もう服でどうこうさわぐのはみっともない、地味でいいし、てきとうでいいし、スッピンでもいいし、不潔でなかったらなんでもいいや、と思って過ごした時期があった。

今思うと、そうとう疲れていたのだろう。

すごい服や高い服でなくてもいい、色のついたもの着たい、組み合わせを考えたい、そんな気持ちをただ愚かな時間つぶしのように思っていた。人の目ばかり気にして男らしくない（？）とさえ思った。でもやっぱり違う。よみがえりつつあったときにいちばんしたかったことは、だらしなくないかっこうがしたいということだった。

ただでさえ、冬は三種類くらいの服を着回しているだけのめんどうくさがりで寒がりの私……それでもストールや靴下やカバンの色を変えることはできる。

モルジブは温かかったので、久しぶりにきれいな色のワンピースを毎日着た。何歳でもいい、体型も関係ない。こういう服を着るという意志を持って、身だしなみを整えて、靴を合わせて、姿勢をよくして、夕方着替えてメイクをしてごはんを食べに行く。それだけでどんなに人生が豊かになるだろう。

急に夏の世界に行ったことで、そんな気持ちもよみがえってきた。

おばあさんになっても、きちんとおしゃれでいよう、どちらかというとヒッピーだったりカジュアルな服が多い私だが、それは飾らないということとは全く違う。きれいにすることは、思っているよりもずっとだいじなことなんだ。人のためにするのではなく、自分のためにするものなのだ、しみじみとそう思った。

昼間ひとりで使える場所に、午後になると人が来る。

夜になると家族で同じ空間を分かち合わなくてはいけない。

私はそんな中で仕事をしているからとてもたいへんだ。

なんてうっとうしい、自分だけの空間で好きなことを好きな順番でしたい！ と思って人は一人暮らしをするのだろう。私もたまにそう思って、ひとりでお茶をしたり、知らない町の知らないお店にひとりで入ってみたりして、静けさを味わう。

でも、どんなにイライラしてもほんとうにひとりになったら、そうは思わないだろうというのはわかる。

あるいはほんとうに自分だけの空間で好きなことだけしている人は、結局他のことでもっとたいへんな思いをする。

その仕組み自体が、人間の良心で作られているように思う。

人がいる時期もあれば、いない時期もある。

いる時期は静かな空間を夢見て、いない時期はいる時期を幸せに思う。

人ってそういう贅沢《ぜいたく》なものだ。

不満を思ったら限りない。一から十まで文句ばっかりになる。

かといって幸せばっかりに目を向けていたら、幸せの中の二軍の幸せをいつのまにかつくり出す。

よかれと思って感謝の檻《おり》の中に自分を閉じ込めたら、外の生き生きした雑多な世界を見なくなる。

そういうことにはとにかくバランスが全てで、体の中を流れている血や心臓の鼓動が生きているあいだは止まらないように、全てが動き続けているから、バランスも常にとっていないと歩いていけない。

「なにか決まって、これだけはというものがあれば少し楽になれる」と思ってなにかを固めたら、もっとたいへんになる。

あっちを少しけずって、そこで出たものをこっちに少し足して……一生そこはたったひとりで考えて行かなくてはならない。考えて、行動して、周囲からのフィードバックを取り入れたり入れないことを決めたりして、また動いていく。

よくできてるなあ、と思う。

勉強するためにこの世にいなさいって言われてるみたい。

ってことは、実際の勉強は別にしなくてもしてもいいってことだ。

「これさえあれば、ここだけをだいじにすれば大丈夫」と決めて、信じたものだけとみっちりがっちりと過ごしていると話題のあの方のように「お金は使えば減る」とか「もう親もいいや、今やこの人たちがほんとうの家族だからできることをしよう、それってきっと私にできることだ……でも実際の家族とはこれからどうしていこうか」「大家さんはモッくんちだし、おおごとになるかな」とか「福山雅治《まさはる》に迷惑がかからないだろうか」などという判断をしなくてもいいという気分になってしまう。だれかをうんと信じたり好きになることはいいことかもしれないし自由だが、度がすぎると結局バランスがこわれてしまう。

あ、これはあくまでたとえであって、事実はどうだか知らないのですが！

3月
March

3月

今月の事件と言えばひとことにつきる。

「父親が死んだ」

ああ、びっくりした。もうこわいものはない。もちろん人生にはこれからもいろんなことがあるだろう。しかし予想がつくことのなかで最高に恐ろしいことはもう終わった。

ただでさえ「まわりのみんなの親」みたいな存在だった父なので「まわりのみんなの親がなんと自分のほんとうの親だよ！」だった私と姉にしたら、いくら高齢だったとは言え、人生に大きな穴があいたみたいな感じだ。

「病院の玄関に立っただけで吐く」「病院に行くと心が逃避してうつろになってしまう」と私も姉も毎日言っている。母のお見舞いで日々同じ病院に行くんだけれど、心が泳いでしまって全然ちゃんとその場にいられない。

しかし、泣いたりさわいだりする感じはなぜかない。

別れとは常にそういうものだと思うが「別れるとわかっていて会っている」間がいちばんつらい。今はもはやただ力が入らないだけという感じ。じょじょに力が戻って来るだろうというのも実感できる。

死は恋愛の別れといっしょで、ああしていればこうしていればが必ずあるし、しばらくは頭がそのことだけでいっぱいで、いつも自分のトーンを薄暗く支配している。先週の今頃はまだいた、先月の今頃は会っていた、そんな気持ちでしかカレンダーを見ることができないのも似ている。あの時に戻れるならなんでもするのにな、と思うところも似ている。

泣く気まんまんだったのにお通夜《つや》でも告別式でも泣かなかったのは、その前にあまりにも泣きすぎたからだろうと思う。この一ヶ月、泣きすぎて鼻水が耳のほうに供給されすぎてちっとも中耳炎が治らなかった。

なのに、父の遺体を前にして泣かない自分にびっくりした。

もう、全《すべ》てをやり終えたあとの気持ちだけがそこにあった。

信じていないわけでもない、乗り越えたわけでもない。

ただ、あまりにもつらい期間を過ごしたので、もう涙が出てこないのだ。それになんと言っても、死んだお父さんのほうが生きてる苦しそうなお父さんよりも、見ていて泣けてこないのだった。

もちろん今の毎日の中でも急に涙が出てくることがある。それは自然なことだ。でも、なにもできなくなるという感じではなく、体の奥というか遺伝子というか、そういうものがしみじみ悲しんでいるような感じだ。

前にとても親しい友達がお父さんを亡《な》くしたとき「おいおい泣いていた自分の反応にびっくりした。それからはいつも自分がいろんなことにその瞬間、どういう反応をするかがいちばん面白くて生きているようになった」と言っていたが、反応は真逆でも私もそんな感じだ。

なんで未来を観《み》てほしいなんて昔思っていたんだろう?

そんな面白いこと、どんなに苦しくてもハラハラドキドキしても、絶対に知らない方がいいって。

ほんとうに素直にそう思えるのだ。

目が覚めたような気持ちだ。

もちろんカウンセラーにアドバイスを受けるという意味においては、これからもいろんなサイキックの人に会うし、楽しく観てもらうと思う。でも、未来が知りたい気持ち、なにが起こるか知りたいような気持ち、そこがいきなり突き抜けてなくなってしまったので、びっくりした。

人は知らないからこそがんばれるし、知らないっていうことだけがこの限りある時間しか持っていない人類の手にしている唯一《ゆいいつ》の自由なんだ、それがほんとうの意味でわかったのだろうと思う。

ここ数年は、毎日新聞の死亡欄を見るごとに「遠くないある朝、これを泣きながら見るんだ」と思っていた。病院に行くたびに「ああ、この廊下の奥の霊安室に私はもうすぐ行くんだ」とも。

そうでなかったのにも、びっくりした。

私はその瞬間、予想外に香港にいたのだった。だから新聞も見なかったし、霊安室にも行かなかった。予想っていうのがばかばかしいのはこのことでもよくわかった。

私は香港にいて「危篤《きとく》がいっそう危篤になった」という知らせを聞き、あと一晩もってくれと思いながら、家族といっちゃんとビールを飲んでポテトチップスを食べていた。

父の話を和やかにしていて、予定より早い飛行機は取れなかったからもう諦《あきら》めて、夜の式典の大仕事を終えた後の清々《すがすが》しい気持ちで、父がもってくれることをひたすら祈りながらも、みんな笑顔だった。突然部屋が一瞬明るくなって、四人しかいない部屋の中で「ここにいる五人は」とチビが人数を言い間違えた。それはだいたい父が亡くなった時刻だったから、きっと来てくれたんだと思うようにしている。

香港で迎えた翌日は奇妙に楽しかった。

もう急がなくていいんだというあきらめと、生あたたかい空気と、ちょうど父と過ごした子どもの頃の昭和の日本みたいな香港のにぎわい、おいしくて小さい食べ物たちと、身内だけの時間。なによりも美しい追悼の時間だったと今は感じる。ほとんど眠れなかったけれど、父がずっと近くにいるような、温かく澄んだ光に包まれている感じがした。

あれがもしもいつもの家事でいっぱいの自分の家だったら、タクシーでかけつけても間に合わなかったあの夜、きっととても淋《さび》しくつらかったと思う。


これから書くことは、特に医療の関係者をいやな気持ちにさせるとわかっている。そして私もじゅうじゅうわかってはいる。

現場はそういうものだし、みんなへとへとだし、生きるとか死ぬに関して心や体に余裕がある状況ではないのだということを。

私の書いていることは、戦場で「食事にしましょう、テーブルクロスどこですか？」って言ってるようなものだっていうことも。

また、施設によって起きることはまちまちだろうとも思う。

だからあくまで個人的な体験&感想だということをふまえて読んでほしいと思う。

父はあまりにも体に対する気配りが遅すぎた。とにかく体に関しては不器用な扱いばかりだったと思う。そしてもう体がきかなくなってから健康に対する注意をやっとはじめ、さらに致命的なことに海で溺《おぼ》れた。

あの溺れた体験がボディーブローのようにあらゆるところに影響を与え、父をいっそう弱らせたのだ。

それにしても父はよくがんばった。そこからのねばりは我が親ながら掛け値なく尊敬できるものだった。毎日自分で体じゅうをマッサージして、ストレッチして、見えない目をなるべく保たせ、血糖値を毎日はかり、歩けるときは少しでも歩き、決して家の中では車いすを使わなかった。

姉も父が好きなどん兵衛とか一平ちゃんとかとんかつとかを娯楽にさしはさみつつ、しっかりとヘルシーなごはんを作ってあげていたし、父もほんとうは脂《あぶら》っこいものが好きなのにそれをちゃんとよく食べていたと思う。

晩年は孫が来ると楽しくいっしょにごはんを食べ、話したりけんかしたり笑ったり、よい時間をたくさん過ごした。

孫がものごころつくまえにとっくに去っていてもおかしくはない体調だったし、大腸がんも経ていたのにもかかわらず、たくさんの時間を残してくれた。

母の兄が亡くなり母がなにも食べなくなったとき、入院の判断をしたのも父だった。

「これ以上放っておくと、虐待《ぎゃくたい》の域に入ってしまう気がした」と父は言っていた。もちろんだれも母を虐待していなくて、母が母を虐待していたことをあんなにみごとに言い表すなんて、と私は思った。

父が亡くなったとき私も姉もその場にいなかったけれど、なぜか母がたまたま骨折で入院していて、同じ病院の同じ棟の屋根の下にいた。最後まで同じ屋根の下にいて夫婦を全《まっと》うしたのだから、すごいと思う。

それは思想的なすごさではなくて、人としてのすごさだ。

もう絶対ムリという状態でも、父に「がんばって」と言うと「うん、がんばってる」と何回でも言い返してきた。しゃべれるときは「支払いの心配があったら俺に言ってくれ」と言っていた（そして姉が『あの状態の俺に言ってどうなるんだよ〜』と後で突っ込んでいた）。それがお父さんというものなのだろう。

おつかれさまでした、と素直に言いたい気持ちだ。

だとしたら、なぜ父の死がなんとなく苦いのか。

父はネイティブアメリカンの長老みたいに、歳《とし》をとればとるほど「いるだけでいい」存在になってみなが顔を見に来たし、多少ボケても尊敬されていた。だからもっとすっと去っていくかと思った。ある朝寝ていたら血糖値が下がりすぎてそのまま去っていく、というのがあの病状ではいちばん大きな可能性だったし、私もいつでもそれを覚悟していた。でもそうではなかった。

私は今も思っている。

父はもう少しだけ、あと数ヶ月は生きられる力を持っていたのではないかなあ、と。

あくまで余裕は数ヶ月だった、そうも思う。

お正月にものを飲み込めなくなったとき、そう思った。来年のお正月はもういないんだなと感じた。

でも、多分あと数ヶ月の余力はあったと思うのだ。

院内での感染を含む様々なアクシデントが重なり、早まってしまったのだと思う。

なんて残念なことだ、そう思ってやはり少し悔いている。

今、あまりにも捧《ささ》げ尽くし、傷つきすぎて姉も私もへろへろのよれよれでがっくりきている。それぞれのアプローチは違うけれど、家族もほんとうによくがんばったと思う。

姉は自分も体調が悪いのに毎日お見舞いに行き、私は週に二回行きながら、毎晩一時間ひたすらに祈っていた。祈るときはコードみたいなの（としか言いようがない）をつないで祈るのだが、父がまるで釣りみたいにぐぐ～っと引いてくるときがあった。父の熱が高いときは私の熱も上がり、手や肩が痛いときは私も痛かった。

父が亡くなる前の週の夜中、私はトランス状態みたいになって、おいおい泣きながら胃が痛いとのたうち回った。あのとき、父は多分もう戻れない体調になったんだと思う。

これ、私にとってよほど合う人にしかできないことなのだが、ヒーリングとかを生業《なりわい》にしている人ってほんとうにすごい！　と思わずにはいられないくらいヘトヘトになった。

朝起きるといつも私の体は死人みたいにかちんかちんに固まっていた。

父が亡くなってからはそんなことはない。やはりなにかをあげていたんだと思う。自分が減るくらいにあげていたんだと。でもそれでもいい、もっとあげていたかった。

重なったアクシデントを乗り越える力をどうして父が持てなかったのか、それはここ数年、父は目も見えず、歩けず、食べるのも少なくなって、父の一番好きな楽しいことがなにもできなくなって「精神の貯金」がなくなってしまっていたからだと思う。

父は散歩と、本を読むのと、原稿を書くのと、食べるのがいちばん好きだった。そして最愛の猫、フラン子ちゃんと過ごしたかった。でもその全てができなくなった晩年だった。フラン子ちゃんが先に死んだときの父の落ち込みは見ていられないくらいだった。

こういうことがまたしたい、こういう楽しみがある、だから生きる。それがシンプルに人というものだと思うのだ。孫がかわいい、長女の病気が心配だ、次女がへんなものを書いていないか心配だ、それはもちろんひとつの力だろう。しかし仕事にかけてきた人生、猫がいつもいっしょにいた人生、その個人的な楽しみがなにもないのにみんなが愛してるからがんばってと言っても、がんばれない。

それはそれはとても残念なことで、書いていても涙が出る。

でも、みなさん、肝に銘じてほしい。私もそうする。

自分の楽しみの貯金は、自分でしかできないのだ。他の人にはどんなにその人を思っていてもしてあげられないのだ。そして楽しみの貯金は生命の力に直結している。

だから、自分の楽しいことを長く続けるためになにが必要か、計画しておいてほしいと思う。それがどんなつまらないことでも、周囲の役にたたなさそうなことでも、なんでもいい。

最後のほうの父はボケてもはやサイキック的になっていたし、見えない世界のことまで見えるようになっていたし「こう言っている内容はいかにもボケて的外れに聞こえるが、実は別のあのことをずばりと指しているのだろうな」という実は的確な発言が多かった。もう少し、聞いていたかった。

これは遺言だと感じたのは、うちのチビに関してだった。

チビが父に飲み物を作る習慣があったのだが、それは想像を絶するような甘いものので、プロポリス、お酢、オリゴ糖、ハイサワーなどなどものすごいものをぐちゃぐちゃにカクテルにしたものなんだけれど、父はたいていものすごくおいしいと言った。

　そしてある夜、私と夫に言った。

「このあいだチビちゃんが泊まりに来たとき、あの飲み物を作っているのを見ていたら、俺らが考えているよりもあの子の自由さははるかにすごい、及びもつかない自由さだということがわかってきた。きみらはきみらなりにかなり自由に育てていると思っていると思うけど、あの子はもっともっと、信じられないくらい自由な子だから、それをこわさないようにするようにそうとう気をつけないといけないという感じがした」

　なんとなく言いたいことがわかる気がして、私と夫はそうすると言ったら、父は笑顔で言った。

「今日はたいへん満足です」

　あの笑顔を一生忘れないでいたいと思う。

「君のなんでもずばっと言いきるところはよくないところだと思うけれど、君はもういるだけでなにかがある、そういう存在になってきているから大丈夫だと思う」

と父が私に関して言ってくれたことも大事に思っている。

父が最後に読んだ私の作品は「どんぐり姉妹」。

「あとは読むほうの好みの問題だけで、もう一人前だと感じた」と言ってくれた。

そこから後は、もう仕事の話は終わり、私たちはただの父と娘に戻っていった。

最後に実家で元気な父を見たとき、父はずっとにこにこしていた。歌も歌っていた。そして天草の英雄として祖父が思っていた人物の話をしていた。大好きなむかごを食べて、これはどうやってなるものなのか、野生になるものだったらどんな動物が食べにくるのか、と質問していた。マッサージをして別れたあの夜が、最後の夜でよかったと思う。

病院で父に「一回は家に帰ろう」と言うと「これじゃ、もう、どこでもいっしょだ」と言った。「痰《たん》の吸引はお年寄りの仕事ですから、がまんして」と言うと笑ってくれた。そんなふうにちゃんと状況がわかっていたけれど、弱音は吐かなかった。

でも体がもうついていかなかったみたいだった。

最後の最後は全《すべ》ての管を外してもらいたかったけれど、私はそれを言うのにも間に合わなかった。それも悔いているひとつのことだ。

管が悪いとかいうのではない。あれだけ具合が悪ければ、なにがどこにどうつながっていたっていっしょだとも思う。

　でもしまいには「首に点滴の管をさして、鼻から胃にも管を入れて栄養を入れて、その栄養が入るようにまずお湯をおなかに入れて温め、血が作れないから輸血もして、熱があるから頭と脇《わき》の下はがんがん冷やして、痰を柔らかくするために吸入をして、管をはずしたがって暴れるから手はミトンをしたあげくにベッドに拘束されてる」という、こりゃ、どう考えてもむりがあるだろう、これらの処置を体が整理して全部うまくいいほうにまとめられたらそりゃよほど健康な人だろう、という気がした。

　医療に問題があると言いたいわけでもない。ただ、弱っていればいるほど、それはいっぺんにやっても体も心もむりだと言うだろう。

　父は頭がはっきりしているときホスピスというものがあまりにもいい感じの理念で営まれていることを強烈にいやがっていたし、なじんだ場所にいたかったみたいなので、それになんと言ってももう動かせそうにないので、ぐっと黙って見ていたけれど、つらくて毎回泣きながら帰った。

　もうかたくなって冷たくなってきている体を動かすと、父はすごくつらそうに叫ぶ。

それでもまるで荷物を動かすみたいにどすんどすんと力を入れて看護師さんたちは父をひっくり返す。力がないんだからしかたない。他にも百人以上患者さんがいるんだから、いちいちそっとなんてしていられない。そりゃそうだろう。そう言うならご家族で二十四時間やってください、と言われたらできないからここに入ってもらっているのだから、しかたない。

それでも、とてもつらかった。

話せば聞こえていてそれを表せないだけなのに、担当の人たちはものすごい大声で父の耳元で怒鳴る。ほほをぐいぐい押して返事をするまで続ける。それもつらかった。

「もう死ぬんだから、もう少し優しく動かしてください」と言いたかったけれど、彼女たちの悪気のない、疲れているのに精一杯明るく振る舞っている姿を見ると、言えなかった。そう教わっているのだ。人は病気だと鈍くなるし、反応を確かめないで退室してはいけないと信じているのだ。いつか彼女たちが年老いて死ぬときまで、決してわからないことなのだ。

もちろん優しい人もいた。担当の医師（ドラえもんにそっくりな堀江先生だから姉はひそかにホリえもんと呼んでいた……）もとても気を配ってくれるいい人だった。

そんな人たちに会えた日はこちらも安心して帰れた。いろんな担当さんがいる、あたりまえだ、病院なんだから。

もう口からものをとらないでと言われていたので、はちみつをなめさせたり、太古の水をぽたぽたたらしたりできたのが、せめてできたことだ。

でも、やっぱりつらかった。自分が人間が想像を絶するくらいデリケートな仕組みでできていることを日々確認するような仕事についているだけに、見ているだけで胃が痛んだ。

あれでよかったのか、というのは今病院で親を看取《みと》る全員が考えてしまうことだろうし、今の時代にはその答えは見つかっていない。

だから、自分のときはどうしたらいいのか、どうなるのか、考えずにはいられなかった。

現代は、自然に死ぬことがいちばんむつかしい。そんな時代なのだ。

よほど体調をすっと整えていないと初産《ういざん》の自然分娩《ぶんべん》がむつかしいように、自然に死ぬことにも細心の注意を払ってトライしなくてはだめなのだろう。

最後に会ったとき、私は友達といっしょで、私は「香港は行けそうだが、そのあとのイギリスをキャンセルすべきかどうか」と悩んでいた。覚悟しきっていた。でも友達は「本人が諦《あきら》めていないのに諦めちゃだめ」とはげましてくれ、父のこともはげましてくれた。長い時間を父の病室でわりとふだんどおり、昔の暮らしみたいに友達とおしゃべりして過ごし「お父さん、すぐ帰るから、土曜日にチビと来るね」といつになく泣かずに希望をもって明るく別れた。

覚悟のあるあいさつができなかったのは惜しかったけれど、まだ先がある雰囲気で会えたことは最高のことだった。

その前に父にはみんな伝えてあった。感謝も、まだ行かないでほしいことも。

だから今しかないな、と父は思ったんだと思う。自分のために人が予定を変えるのが大嫌いな父だった。

約束した土曜日に会えなかったこと、だれもいない部屋で死なせてしまったことが悲しくないと言ったらうそになる。でも、この世でいちばん悲しいことは、心がだれからも寄り添われていないことだ。そういう意味では父は幸せだった。二十四時間ずっと、私も姉も父のことを考えていたし、父はみんなに愛されていたからだ。父はひとりの人間として、とても誠実で行動と発言が一致していて、うそのない人生を送った。問題があるとしたら不器用なところだけで、それが結局命を縮めた。それも統一感のあることだと思うし、人間は完璧《かんぺき》でないのがあたりまえだからしかたない。

死への旅はお産といっしょで最後の最後はたったひとりの旅だ。しかし物理的にひとりでもひとりではないのが人生の醍醐味《だいごみ》だと思う。

親がいなくなってみると、子どものころ、いっしょに旅行したり行事をしたりしたことがいちばんの思い出だということがわかる。だから今、子どもが小さいうちに家族の時間を大事にしようといっそう思うようになった。

思春期に「なんでこの歳《とし》になって親と泊まりに出かけなくちゃいかんの」と思っ

ていたけど、それでも毎回旅に参加しておいてよかったとも思った。思春期は「したいことがしたい、自分なりにしたい」という気持ちがいちばん強い時期だけれど、自分と自分の子どもに関しては、そんなときでも、後で自分がいなくなったときのために確実に思い出を作っておこうと思った。

泣けて泣けて目の前が真っ暗になった状態でひとり階段を五階分下りて、病院の入り口で運転バイトのはっちゃんに待っていてもらった車に乗り込んで、半泣きで帰り、家につくともうへとへとでがっくりと寝てしまう。そして目を覚まして明日のお弁当と晩ご飯を作る毎日だった。まるで自分の体が自動に運転されているように家事と仕事をこなしていた。今もかなり自動運転だが、そのころの張りつめ度とはわけがちがう。

姉がこの時期のことをあまりにもうまく言い表していた。

「息をするようにひとつひとつこなしていくしかない」と。

まさにそういう感じだった。

たったひとつの楽しみが、ハラハラドキドキして続きが気になる「華麗なる遺産」を家族で一話ずつ観《み》ることだった。あまりにも面白いから観ているあいだだけ全てを忘れることができた。出て来る人たちをほんとうの友達や家族みたいに思えた。家族三人ともスンギファンになり、彼の恋を自分たちみんなの恋みたいに応援した。

あの時間があったことが、夫とチビと私をどんなにひとつにしたか、どんなに温かい時間だったか、どれだけ救われたか。

その一時間だけ、父が死にそうだということを忘れることができたから、ほんとうに父を助けて見舞うエネルギーを充電できたのだった。

「この番組を観終わってしまったら、なにかが終わってしまう」

私の勘はひたすらにそううずいていて、でも今日はまだ終わってない、明日も観れる、そう思ってなんとか持ちこたえていた。それは「今日はまだ父が生きていた、明日も会える、だから今は考えないでいい」と全く同じ意味だったと思う。

最終回を観た次の日は、ぽかんとしてなにもできなかったくらい落ち込んだ。

これで夢は終わり、香港に行って帰ってきたら、お父さんを見送る大仕事だけが待っている、そう思ったら、力がどうしても入らなかった。

でも思ったより早く父は逝《い》ってしまった。

なので、あの期間が少しでも幸せだったことがどんなに大事なことか、今になるとあまりのタイミングにドキドキするくらいだ。

こういう体験に支えられ、どうしても純文学に行ききろうという気持ちが起きない私だった。

他人が他人のために、しかも普通の人たちのために作る娯楽がどんなに愛のこもったものか。

それは主婦が、またあらゆる飲食店がごはんを作るのと全く同じだと思う。低く見られやすいし芸術と見なされにくい毎日の消えていくアート、そういうものがいちばん好きだ。自分の作品も、ノーベル賞とは無縁でもいいし、歴史に残らなくてもいいから、そうであってほしい。

だから、震災の直後に高級レストランで食事をしたことを全く後悔していない。

本気でやっているレストランで、客が来なくて食材があまるということがどんなことか、想像しただけで動かずにいられなかった。

そういうレストランでは当然東北の食材を信頼関係のある取引で使っているわけで、店がなくなったらそちらにも影響が出るに決まっている。世の中は必ずつながっている。

「震災で避難所で困っている人がいる、だから自分はぜいたくな外食はやめよう」と思うのはとてもまともだし正しい考えだが、全員がそれを強要されたら、最終的には被災地の農家の人たちに打撃を与えることになるかもしれない。

なにかをやめたら、どこかがとぎれる。なにがどこでどうつながっていてなにが自分を救っているのか、自分のどの行動が人を救っているのか、その因果関係は簡単には明らかにならない。

だから自分の行動は小さいものでも最後の線まで考えて、良き意図を持って、注意深くありたい。それでも人を傷つけてしまうのが人だからこそ、どこをどうしてもやりたいのか、自分にできることの中でなるべく考えたい。みんなが少しずつ分け持って、つながって、めぐって、成り立っていくものを、表面的な理屈で曲げたくない、常にそのときの体の声や勘の深い声を聞いていたい、そう思う。

本気でおいしいものを出そうとしているレストランの人たちは、お客さんが幸せでおいしい二時間を過ごすために、その思い出を害さないためにどんなに人生を削ってエネルギーを注いでいるか。それをよく知っている。

ドラマって映画と違って確かに低俗で、みな徹夜でがんがん創《つく》っていて、余裕がなくて、娯楽のためだけにあるもの。時期が終わったら残らない、時代に添って流れていくだけのもの。

でも、そこからしか生まれない力が好きだ。そこで起きるほんのいっときの奇跡が力になる。

そしてもうおばさんの私には、他のおばさんたちと同じく、今の日本の若い人たちのエネルギー低めの体つきや態度では充電できない。韓国の人たちの人としてのエネルギーにどんなに救われているか。

やがてはあの国にも時代がめぐり、今の日本と同じような倦怠感《けんたいかん》が訪れるのかもしれない。

しかし、人の力がいちばんだということを忘れないままであってほしいし、日本人もそれを取り戻せたらいいと思う。韓国のバラエティー番組を観ていると、感情の力が生き生きしていて、男の子は体を動かしてげらげら笑っているし、女の子は美に対して本気だし、とにかく無邪気だった頃の体の感覚がよみがえってくる。日本人は頭ばっかり使いすぎだなあ、と思う。もっとただ毎日を楽しく生きることを考えてもいい気がする。楽しくっていうのは、安全に平穏にではなく、ハイなことでもなく、ただ命が動いているような感覚のことで、それはほんとうに今、日本のどこに行ってもあまり見られないのが悲しい。

最後に父の意識がはっきりしているとき、私にも父にも多分これがはっきりと意志が通じ合える最後の機会なのだ、とわかっていたので、できれば逃げ出したいくらいこわかった。他でもない父が前に言った。

「親が死ぬのを見るのはほんとうにおっかないものなんだ。でも、それを経験するのは他のことに替えがたい大事なことだったとあれからずっと思ってる。そのことから逃げると、その後の人生、ずっといろんなことから逃げることになる」

これはほんとうのことだった。死に目のことではない。親が弱って死んでいくのを見ること、その流れを受け入れること。花が枯れていくように、野菜が腐っていくように、自然の止められないなにかを見て、ただ受け入れることだ。

Twitterでもさんざん書いたけれど、意識がはっきりする一回前にお見舞いに行ったとき、父は意識がなく、私はとなりに座ってただ体をさすっていた。

そうしたら、なんだかわからないけれど電車が陸橋を渡るイメージがどんどん浮かんで来た。陸橋、川、谷、渡る……これって、もしかしたら、まずいのではないかと思って、私は真剣に体をさすった。そして手を握ったら、父はしっかりと手を握り返してくれた。

そのときの不思議な感じはもうなんとも言えない。半分違うところに行っているような、半透明な感じだった。しかもとてもいい感じで電車は陸橋を渡っていたのだった。周りは緑の山、渓谷は美しく、鳥はきれいに飛び、空は青く……

私は父とどこかに旅行している感じがした。

病室を出たらもう立っていられないくらいへとへとで帰ったのを覚えている。

そしてその次に行ったら、父は意識がはっきりしていて、

「三途《さんず》の川を渡る一歩手前までいったんですけど、ばななさんが上から光って助けにきてくれて、戻って来れました。だいたいわかったことと、わからないことがもう少しはっきり区別できたら、あと一歩でわかる、だいたいわかった」ということをくりかえし言っていた。

私は、ああいうのって通じ合ってるんだ！　とほんとうにびっくりした。

「とにかく生きていてくれるだけでいい、まだいてほしい。まだ生きていてほしい」

と言ったら、

「年寄りは、同じことを繰り返すばっかりで、みんなもそう思ってるのがわかるから情けない」と言うので、

「そんなことはない、生きてるだけでいい。その人がなにができるかがその人じゃない。その人でいることがその人なんだから、いいんだ」と言ったら、

「それはそうだ」とうなずいた。

そして「だからいてくれるだけでいい」と言ったら、

「そう思えたらいいんですけれどねえ」と笑っていた。

病室を出たとき、私は足ががくがくするほどこわかった。たいへんなことを聞いてしまったと思ったし、ちゃんとやりとげたと思ったけれど、やりとげてしまったら次はなにが待っているのか、なんとなくわかっていたのだった。認めたくないけれど、回復とか退院とかいうイメージがどうしてもわいてこなくて、それを打ち消して、まだ大丈夫だ、と思っては、また気持ちが沈む、そのくりかえしだった。

この体験はだれもが時間をかけて静かに乗り越えるべきもの。いちばんの学びを突きつけてくるけれど、答えのないもの。

それを抱いて、また小説を書いていきたい。

ところで、ノミネートされて結局取れなかった香港の賞だけれど、お客さんたちを見ていたらあまり読書をしなさそうな金融関係の人ばっかりで、

「これは、金融の会社が文化的事業&税金の対策&パーティをして人々に会うため

にもうけたものなんだなあ」としみじみ思った。アートを支えるのは企業のお金だから全然間違っていない。

韓国ドラマにはまったままで行ったからか、香港なのになぜか出会うのは韓国の人ばっかり。

候補者も韓国の人を応援して、韓国語のおめでとうを練習したりして……

自分たちは深夜の焼きそばやマンゴープリンにばかり命をかけ、朗読も微妙にはしょったりして、つまり、ちっとも本気で参加してなかった。金融の人たちを笑えない。

結局韓国の作家さんが受賞して、おめでとうの練習をしたかいがあったわ。

私がもっとまじめだったら、親は死ぬわ、受賞はしないわ、ほとんど持ち出しで、式典用にいっぱい服など買って損したなと思うんだろうけど、なぜか全然悔いがない。

仕事ってそういうものだと思うし、名指しで来られて引き受けたら、ある程度最善をつくしてあとは放っておく、そういうものだと思う。

私のほんとうの仕事は、文章を書く仕事だから、他のことは文句を言わずさくさくやるだけでいいんだと思っている。

小沢健二くんの「我ら、時」のライブ、数年前の「ひふみよ」の「帰って来たけどもう後はないかも、一度だけの祭りです」という気合いの入った状況もすばらしかったけれど、今回の現場っぽい感じと音楽の力にかけた感じがとても好きだった。弦楽器の美しい音色とすばらしい音響、彼の演奏の良さがみごとにかみあって、夢のような一体感が会場に生まれた。

いい曲ばかりだなあ、いい歌詞だなあとあらためて思ったし、歌がものすごくうまくなっていて、感心してただ素直に感動した。

自分も親が死んで暗かったが、お客さんたちの顔も全然二年前と違う。暗くて重くて、今の日本の状態を考えざるをえない様子の人ばかりだった。お祭りの浮かれ気分が全くないムード。しかし音楽がはじまると人々の顔はしだいに明るくなっていった。

それを見ていたら、やっぱり人が創ったものはいい、人にいっときの憩《いこ》いを与え、力を与えるために、人は人に対して作品を創るんだ、と思った。小沢くんが言う通り、そこにはやはり愛とか希望がある。

日本で暮らしていない小沢くんが日々いろいろ考え、それを音楽にし、たまに人々に違う新しい空気を持ってきてくれる、その形で日本を愛してくれる、それがとてもありがたいなと思った。

「お父さんが死にそうな最後の頃は、『法事がライブにかかったらどうしよう』と思ってたよ〜」と言ったら、小沢くんがよろよろっとなって、

「今のは聞かなかったことにしよう！」と言った笑顔が最高にすばらしかったことも、一生忘れない。

私は実家に会いに行ったり、看病しに行ったり、ごはんをいっしょに食べに行ったりしているだけだったので、自分の生活の中に親はいなかった。

だからいつもの暮らしの中で「あ、そうだ、もうお父さんいないんだ」と思うだけで、まだまだぽかんとしている。

さりげなく毎日メールをくれる友達たち、ラストオーダー過ぎているのにゆっくりごはんを食べさせてくれた近所のお店の人たち、土曜日なのにかけつけてくれた事務所の人たちや昔の友達、クムやフラ仲間、葬儀の全《すべ》てをしきってくれたいとこ、心をこめて告別式にいらしてくださった糸井さんや石原さん、ずっとご祈禱《きとう》してくださった大神《おおみわ》神社の宮司さん……その他にもいっぱいいっぱいいただいた、みんなの温かさを毎日感じている。

トロワ・シャンブルのシナモントーストが大好きな私は、何の気なしにさっき食べに行った。おいしいコーヒーも飲もうと全くいつも通りに思った。お店の奥さんが席にいらして、しっかりとした優しい声と目で言ってくれた。

「お悔やみをもうしあげます、これから、とてもお淋《さび》しくなりますね」

なんだかそれが深くしみてきて、あれから初めて時間が動きだした気がした。

淋しいなあ、お父さんに会いたいよ～ん！　まだまだ子どもでいたかったよ～ん！　お父さんって死なないとマジで思っていたよ、だって溺《おぼ》れても大腸がんになってても死ななかったんだもん！　さらにはお父さんが死ぬときは急かもしくは穏やかだと信じていたのに！　あんなに目減りするような、太刀打ちできないような状況下に置かれるなんて思ってもいなかった！　神はほんとうにいるのか？　あんなに人のためにつくしてきた人なのに、最後があんな感じだなんて、ひどい！……とは意外にも思わない。神ってなんだかいそうだなあとさえぼんやりと思っている。だって私は今、そんなに不幸な気持ちではないもの。あんなつらい時間をいっぱい過ごしたのに、きついものもいっぱい見たのに、無力感もばっちり感じたのに、しかもお父さんひとりで死んじゃったし、さらには運の悪いことが重なっちゃって、みんなが苦しんだのに、なぜか不幸でも悲惨でもない。どこかになんだかほんわかした部分がある。

こんな原稿、自分のサイトでないと絶対書けない。

頼まれたら相手の媒体を考慮するから、決して書けない。

だから思い切り書いているが、部分を無断転載することは、この欄はTwitterと違って著作権がしっかりしているのでしないでください。エージェントさんもいる以上、私の書いたものの権利は私だけのものではないのです。

にしても、これ、ほんとうに作家&四十八歳の文章なのか⁉　年齢が大人になったら人は大人になると思っていたら、ちっともなってない。

まあいいや、のんびりいこう。

お父さんは死んじゃったんだし、もうこうなっちゃったらしょうがない。

人生は折り返し点を過ぎてしまったが、私にはまだしばらく時間がある。そして今からがほんとうの私自身の人生なのだから。

4月
April

4月

三月末から四月頭に、生まれて初めてイギリスに行った。

私が最も影響を受けていた七〇年代の文化は全てアメリカからのものだ、と思っていたが、そうとうな分量イギリスが入っていたんだなあということがよくわかった。

最もリアルにそれを思ったのは人々やそこに漂う空気の全てが、幼いころよく見ていた「モンティ・パイソン」に似ているということだった。あの独特の雰囲気もイギリスでは普通の毎日の雰囲気なんだなあと思って、あらためて驚いた。

取材をかねていろいろなストーンヘンジをめぐってみた。

それぞれがとんでもなく不思議だし、そのあと上書きされた今の文化から見たら唐突な場所にあった。

それに山にはでっかい白い馬がくっきり描いてあるし、墓だか丘だかよくわからない変な場所がいっぱいあるし、ほんとうに奇妙だ。

グラストンベリーでは古い宿に泊まった。そのぎしぎしいう部屋とかぼろぼろの窓ガラスとか、全てがほんとうにハリー・ポッターな感じ。町には妖精みたいな服装の年配の人がいっぱい住んでるし、変な生き物がうろうろしてるし、チャリスの丘に登ればなにか強いものの気配が満ちているし、確かにスピリチュアル的な意味が満載の場所だったのだが、あまりにも満載すぎて「それがどうしたのだろう」みたいな気持ちになってしまった。

あれもいそう、あれも見えそう、ここはきっとこういう場所、でも、それがどうしたのだろう、自分の人生にどう関係あるのだろう。

ただそんな感じだった。

それぞれの場所に歴史と営みがあるんだね〜、みたいな、淡々とした気持ちだった。

ただ、それを見ているのはとても心地よいことだった。

どんより曇った空の下で飲む紅茶はものすごくおいしい。

早い夜にいろんなおいしすぎるビールを飲んでイモを食べたらもう晩ご飯はいら

ない。

そういう小さなことが、体得したいちばん大きなことだった。

いつも忙しい大野百合子《ゆりこ》ちゃんと、舞《まい》ちゃんと、なかなか会えないじゅんちゃんと、としちゃんと、私の家族、そしてはっちゃんの運転。そんな変なメンバーでイギリスの変なところにゆっくり行った、それこそがもう最高のできごとで、そのメンバーにひとつもいやなことはなかった。なんでこんなすてきな人たちと過ごせるんだろう、とずっと思っていた。それが一番の贈り物だった。

あまりにも違和感なく過ごしてしまったので、今もあの人たちと毎日ごはんを食べたり車で移動したりしたのが、夢みたいな感じがする。

あんなにたくさんの牛や羊や草原を見たことも、夢だったみたいな。

綿矢《わたや》りささんの「ひらいて」を読んで、とても感動した。

なにに感動したって、敗者の気持ちを徹底的に抱いていることだ。

ルックスがよかろうが、スタイルがよかろうが、どんなに普通に振る舞おうが、なぜか人はその人の持っている重さや深さを気づき、恐れる。そして気づかれてしまったら、欲しかったものは手に入らない。つまり負けだ。

いちばん身近なたとえを言えば、しょこたんが半ヌードになってどんなにきれいでもかわいくても、ある種の不思議な気持ちにはなるが、男の人はば〜んと飛びついてはいけない、そんな感じに似ている。

本人に罪はない、ただ人が心をさっと開くには、その人は複雑すぎ、強すぎ、深すぎるのだ。気楽にはなれないのだ。

その負け感をここまでほりさげるなんてすごい。

もうひとつは初恋というもののあの理不尽なまでの深さをこれまた徹底的に追っていることだ。

ここまで徹底的だと、もう他の追随を許さない。

初恋ってなんだろうとさえ思った。遺伝子的には意外に正しい判断なのではないのかしら？　でも人間は遺伝子につきうごかされる以外にもいろいろ環境があるから、うまくいかないのだろう。

たとえば私は今、初恋の人と普通に連絡が取れているのだが、あの気持ちをひとかけらも思い出せない。いい人だなあ、幸せであってほしいなあ、楽しかったなあ、そんな感じで、あのときの異常な深さが彼に接しても全くよみがえってこない。

なのに、綿矢さんの小説を読んだら、忘れ物を取りに行きがてらもしも彼の教室に入れたら、どんなにいいだろうと思った、あの変な気持ちを生々しく思い出した。彼の好きな女性と話すと変にドキドキしたこととか。

ひとりの異様に濃い人（多分自分もそうだからよ〜くわかる）が存在するだけで、みんなの磁場がぐちゃぐちゃになる感じもむちゃくちゃ生々しい！

これが文学だ……

と思ってから、そのすぐあとに載っていた自分の小説を読んでみたら「これは小説じゃないな、寓話《ぐうわ》でさえないかも……これは、生きていくことが少しでも楽になるためのハウツーものだ」ということがよくわかった。

だからこんな素知らぬ涼しい顔で文学界に存在できるし、手放しで賞賛できるのだろう。

その直後に森博嗣《ひろし》先生の「ブラッド・スクーパ」を読んだ。

ミステリであり時代劇であり、あまりにも知的であり、人間と交わるということの真実であり、とにかく「バガボンド」を読むくらいにひたすら面白く読んでしまったのだが、やはり「これは私と同じくらい文学ではない、自分が知っていることを人に分けようという手段がたまたま才があった小説であったというだけだ」と思った。

生きていたら、人の見えないものがいろいろ見えてきた。そうしたら、いろんなことの仕組みもわかってきた。これは、伝えたほうがいいだろうし、人のためになるだろうし、人の苦しみが減るだろうから、伝えたい。とても面倒くさい、できれば説明もはしょりたい、でも知っていることを他の人に伝える義務が人類にはある、だから自分が楽しめる範囲で、でも本気で書いている、そんな感じ。

そこだけが唯一《ゆいいつ》森先生と自分に共通していることかもしれない（って勝手に決めているけれど森先生がどうなのか実際はよく知らない！）。

これからもこんなふうにしか存在できないと思う。それでも書くということしかできないから、いてもいいのだと思っている。人の役にたてたらいいなと思っている。

父が亡《な》くなってから、はじめて父の夢を見た。

父は実家の居間にいて、ごはんを食べてにこにこ笑っている。最後のほうの、少しボケてごきげんなときの父だった。

夫や子どもや姉は台所のほうにいてなんとなく行ったり来たりしている、いつもの夕食の感じだった。懐《なつ》かしく嬉《うれ》しく思ったが、よく見ると居間の周辺が白く光ってぼやけているのに私は気づいて、

「ああ、お父さん、まだ死んだことがはっきりとわかっていないんだ、ここはお父さんが作った生前の世界なんだ」と切なくなる。

伝えたほうがいいのか、このままにこにこさせてあげておいたほうがいいのか、私は当惑していた。

そうしたらなぜかとなりに桜井会長がいらした。

そして父と会話をしていた。桜井会長のいつもの感じ、初対面の人とはあまり目

を合わせない、すっと背筋が伸びた姿がリアルだった。

父「なぜか、少し見えるし、食べられるようになってきたんですよ」

会長「もしかしたら、もう少しめしあがることがおできになるんじゃないですか？　あと、もう少し歩かれても大丈夫だと思いますよ」

そこで私は、会長が父にもう体を離れて自由に動けるようになったことを、遠回しに伝えようとしてくれているんだ、と思った。

父は、会長がただものではない雰囲気を察して、少しボケから戻り「この方は？」と言った。

私は、雀鬼《じゃんき》だったこととか、会長のすごさをなんとか説明しようとしどろもどろに話し始めた。すると会長が言った。

「いいんですよ、ばななさん、お父さん、私はね、ばななさんのお友達です」

そこで目が覚めた。

すご〜い、会長、あんな途中の世界に来ることができるなんて。

私は素直にそう思った。

父は、日によっては自分の状態を悟り、日によってはああやってわからなくなり、今はそういう時期なんだなあと思った。

しかし、そのあとで会長の日記を読んでびっくりしたのは、会長も全く同じ夢を見ていたことだった。場所も会話も同じ。ただ単に同じ席に居合わせた人たちみたいに、同じだった。

世の中には不思議なことがいっぱいある。

でも、だからどうということはない。

そのことで立ち止まる必要はない。

人がその人を生きれば現実にも見えない部分にも様々なできごとがあり、そのできごとの中の良きことをありがたく思いながら、また生きる。それだけでいいのだと思う。立ち止まらずに「会長はすごいなあ、ありがとうございます」と心から思う、それだけがほんとうにできることだと思う。


インフルエンザ×2と危篤《きとく》の父のお見舞いをしていたので、冬のあいだ、全く家を掃除できなかった。

春になったし、ほんとうは父を見舞うためにあけていたスケジュールを使って、家の掃除をしながら気づいたことがある。

今はやりの断捨離だけれど、あれは確かにとても有効だ。

でも、なんでもかんでも捨てればいいってものじゃない。ものを減らす、シンプルに暮らす、そういうふうにするには、まず本人が自分の生き方を選んでいなくてはならない。選ぶとはどういうことか、それはつまり「他の可能性を捨てる」ということだ。

なにを捨てられるかを考えることは、自分の人生からどの可能性を追い出し、なにをつかんでいくかを決めることだ。

これは意外に大変なことなので、若いうちはむちゃくちゃでもいいと思う。いろいろやってみないと、なにを捨てられるかはわからない。

大好きな陶芸家のイイホシユミコさんについての本がもうすぐ出る。

「今日もどこかの食卓で」というタイトルで、一田《いちだ》憲子《のりこ》さんが文章を書いている。

この本を読んで、私はイイホシさんの特別なたたずまいのわけがわかった気がした。彼女の人生には浮気心のようなものがはいる隙《すき》はない。時間をかけて彼女が決めたことはほんとうに決めたこと。いらないものは、いらなかったもの。もうふりかえらない。そういう人生を久々に見て、すがすがしかった。

深いところでなにかを決めてから部屋を見たら、捨てるものはすぐわかる。スケベ心のない目で見ないと、見えないものがある。

もしその気持ちで家を掃除できたら、きっと人生はほんとうに変化するだろうと思う。

5月
May

5月

まだまだ弱っているが、父の死にまつわる何かを少しだけ超えた気がする。

最近ちょっと体も軽いし、泣きながら起きることも減り、元気がどうにも出ないこともなくなってきた。勝手に立ち直る体はなんとも残酷なものだが、頭だけだったらきっと永遠に立ち直れないから、すばらしい仕組みだと思う。

病院の玄関に立つとき、父が死んだ五階のフロアを見るときだけ目の前が真っ暗になって吐き気がしてくる。そんな自分はへなちょこだがよくがんばったと思う。

どれだけの死を見てきても、親の死は違う。親が何歳で死のうと、自分が何歳のときであろうと格別にショックなものだから、だれにとってもきっとそうなのだろうと思う。

ひとりの人が生きて死ぬと、当然その人の人生で未解決だったことがたくさんある。そういうのが比較的少ない父でさえも、やはりそれは残っていた。それをただどうしようもなく見つめる、そんな感じの毎日だった。

愛人も隠し子もなく、身の丈分だけの暮らしをして、お金なんか少しも遺《のこ》さなかった父なのに、それでもこの期間いろいろな意味での地獄を見た。

お金を遺したら、もっともっとたいへんなことになるのだろう。

なにも遺さずに去ろう、としみじみ思う。それが子どものためかもしれないとさえ。

私の姉は、ほんものの変わり者で、内気だがパンチがあり、ものすごく頭がよいがむちゃくちゃ偏《かたよ》っていて、とてもたいへんな人なのだが、この一連のおそろしいできごとを経て、子どもの頃にはあったけれど失われていたきらめきのようなものが、姉の中から不死鳥のように立ち上がってきたのを見た。

それはそれはすばらしいものだった。

まあ姉のキャラのあまりの濃さに、殺し合いかというくらいのけんかもいつもするんですけれどね……！　そしていつも姉に「ぶりっ子！　八方ブス！」と言われる私……！

姉はほんとうに父によく似ているなあと思う（内気なのに異様なパンチがあり、

ときどきありえないくらい頭が冴《さ》えているところ）ので、そこにも日々しみじみするのだった。

そして最終的に悟ったことは、ものごとは深く考えてもしかたない、よく感じてみて、体が向かないことは向くまでしない、できないけどしなくちゃいけないことはさくさくやってその場の楽しさを見つけてなるべく早くずらかる、深く考えすぎてこりかたまったものは、もし時間がたってゆるんできたらさっさと手放して今をエンジョイする、などなどのしょうもない単純なことばかりだった。

それから姉の変貌《へんぼう》を見て、人間は時間ができるとやはり顔つきから元に戻ってくるのだ、ということがわかった。

ここ十年くらい、姉は介護以外のことをほとんどできなかったので、そのきらめきは抑えられ、炸裂《さくれつ》しにくかったのだろう。しかし最近の姉は昔の顔をしている。やはり人は、自分の時間を確保するためには、なじられてもなんでも逃げたほうがいい。

姉が介護をいやがっていたというのではない。でも、姉の自由時間がいつのまにかなさすぎたと思う。姉は頼られるとがんばってしまうタイプなので、周りがなにを言おうと、人に頼まなかったのだ。そして大きく支払って大きく取り戻している今の様子を見ると、なにごともダイナミックな姉のあり方に沿っているなあと思うのだ。

せこい私は「赤ん坊が小さいときにはみっちりいて、大きくなったらばーんと逃げる」みたいなことができず、いつもせこせことちょっとお茶をしにいったり、数時間飲みに行ったりして散らしていたが、これもまたせこい私にはよいサイズの方法なのだろう。

一般的に、やはり好きなことをしてバランスのいい状態にあると、ものごとは通じやすいし、あきらめや疲れは伝染しやすい。

それに、本人が本人でない冴えない状態にあるときに、あれこれ伝えてもしかたない。冴えている状態とはハイな状態とかなんでも来いという状態ではなくって、その人が本来の姿をしているときのことだ。

もう逃げることができないくらいいやなことばっかりだったら、いやじゃないことを増やそうとしたほうがいい。

自由とか幸せとかよく言われるあらゆることに関して、私はそう確信した。

もしもその人がその人を十全に発揮していて、それがある程度許される環境にあれば、ほんとうにむちゃくちゃな人は意外にもあんまりいないと思う。

よく「会社に行かなくていいなら、自分に戻れる」とか「あと三時間多く寝られたら」「義理の母さえいなくなれば」とかいうのを聞くけど、やっちゃう人は、どんな環境でもその人をやっちゃうものだ。あくまでバランスを取りながらだけれど、どんな環境にもやっちゃってる勇者はたくさんいる。

つまり「自分にとってよいことをやる」と決める勇気や優先順位の問題だと思う。やっちゃえるかどうかで職を決めたり、住むところを決めたりすることだって珍しくはない。それは決して不可能なことではない。

いろんな追悼特集が出て、父の若いときの写真をよく見る。

私が肩車してもらったりいっしょに公園に行ったりした頃の父だから、もっともっと切なく思ってもいいはず。

　それからいちばん頭が冴えていていろんな人の相談に乗っていた頃の父、私の小説にありえないくらいすばらしい批評をしてくれた父だって、すごく好きだったはず。

　しかし、なぜだろう、今思いだして会いたいと思うのは、最後のほうの父ばかりなのだ。

　そうとうボケていたし、服を着るのが面倒くさいからたいていシミっぽいさるまた姿で、歩けないから床を這《は》っていて、しまいには「オウム真理教ってなんだったっけ?」とか言っていたのだから、情けないと思ってもいいはず。

なのに、今いちばん愛《いと》おしく会いたいのは、その衰えた父なのだ。

　病院で管だらけになっても、手を握るとすごい力でぎゅっと手を握ってくれた父、なにをするにもいちいち抵抗して看護師さんを困らせていたムダにパワフルな父。

　最後に家で会ったとき、ずっとずっとむかごの話をしていた父。

　今年もむかごの葉っぱが出てきたのにもう父はいない。今年は葉っぱを持っていって見せてあげようと思っていたのに。

　でも、もしかしてこれって人として最高に幸せなことなのかもしれない。

最後の最後の姿をいちばん恋しく思ってもらえるなんて、最もいいことなのかも。私もそうあれたらいいなと思う。

身内をほめてばかりいてみっともないが、しかたない。私と父はほんとうに相性がよく、お互いのいやなところがあまり見えなかったので、最後の最後までほんとうにラブラブだったのだから。こんなことってあるんだなあと思う。

最後のあたりで、泣きながらでも「私はお父さんの娘でいて、いやなことが一個も、ほんとうに一個もなかった。それはほんとうに幸せなことだったと思います」と本人に告げることができたのも、よかった。

オレって……もしかしたら単におめでたい奴《やつ》なのかも……。


人は人と関わりたいし、そうしないと生きていけない生き物だ。

だからその関わりがなるべくふんわりとした余地があったほうがいいのだろう。

若いころは小説を通してもっと大きなことを望んでいたかもしれない。遊びたかったし、いろんなものを見たかったたし、お金もほしかったたし、もっとこうなりたい、が強くて人のことまで考える余裕がなかった。おそろしい出来事もいっぱいあり疑心暗鬼の中にいたので、周りの人に対して支配的になっていたとも思う。

しかし今はもっと、素直に、まわりはみんなのびのびしていてほしいし、なによりもただ人のために書きたい。

小説を書いて、それを読んで人がちょっとだけ楽になって、ありがとうと思ってくれたらいいと思う。じゃあなんで無料にしないんだ？　と聞かれたら、今お金が微妙にいやかなり不足しているし（笑）、家賃も払わなくてはいけないし、体と心をキープするためによい栄養も必要だし、目にもいいものを見せなくてはいけないから、お金は必要だと言う。

松浦弥太郎さんが「新しいお金術」の本に書いていらしたけれど、お金を愛していれば、お金にも愛されるものだ。

では愛されるというのはどういうことかというと、余分すぎるほど来ることもなく、足りなくもならないということ。

そしてなによりも、もし無料にしたら、読んだほうに対して目に見えないたいへんなものを背負わせてしまうことになる。

だからちょうどいい値段で、私の本が、必要としている人に届くといいなと思う。

いいあんばいで。

若い頃は、まだ読んでいない人に読んでほしかった。いろいろなもので感受性を鈍らせてバランスを崩し病気になってしまう人の心に積極的に問いかけたかった。あなたはもっと感じているはず、もっとこうしたいはず、しっかり感じてくださいって。

でも、今はそうでもない。

必要としている人がおりにふれ何回も読んでくれたり、あのような書物があったというだけで心が潤《うるお》う、そう思ってくれればいいなと思う。

必要としている人には、時間をかければ必ず届く。

たとえ書店に置いてなかろうが、Amazonで品切れだろうが、いつかなぜか届くのだ。

その人が電車に乗っていたら棚から落ちてきたり、友達の遺品だったり、旅していたら宿に置いてあったり、そんなふうにしてでも本はたどり着く。そういうふうに書いているんだから、当然だ。それがむりなときは、もうほんとうに引退していいのだし、そうやって届くべきところに届いたものは、さらに必要としている人を呼ぶ。

それを本気で信じられれば、しゃかりきなプロモーションをしてよけいなカルマを作ることもなくなる。

よけいなカルマを作らないとどんなことが起きるのか？　いろんなものがもっとよく見えてくるようになり、さらにシェアできることが増えるのである。

韓国語を勉強しているわけでもないし、習得したいとも思っていない。

でも、毎日これだけ長い時間聞いていると、微妙にニュアンスがわかってくる。

この現象はイタリアにしょっちゅう行っていた頃にもあった。

それで心から悟ったことは「残念ながら、自分は英語に全く縁がなかった」という衝撃的な事実だ。

韓国語やイタリア語に触れるほどには、自然に英語に触れる機会はなかった。ドラマを英語で見たり、意図的に勉強しようとしていたし、今も英会話には通い続けている（先生がすてきだし最低限は必要だから）。でも、意図的に増やしてもだめなのだ。まず自然な流れがないと。

こんなふうに放っておいても毎日接して、聞いて、いろいろな人がだれに対してどんなときにどんなふうに言うのかを体でなんとなく知っていく感じは、英語にはなかった。

まあ、しかたないな……と思いながら、まだまだこれから縁ができるかも、といちおうあきらめずにいようと思う。

でも、多分いろんな語学が半端《はんぱ》な生涯を送るんだろうな……。

今年の六月にはもう父はいないだろうなというのは、年始になんとなくわかっていた。

大晦日《おおみそか》に、父はもうお正月を迎えるのは今年で限界なんだろうな、とうっすら思ったからだ。あんなに悲しい気持ちで「ゆく年くる年」を観《み》たのははじめてだ。そう思ったから、ほんとうにタイトな仕事は今年入れなかったし、お見舞いに通う合間に子どもになんとしても晩ごはんを作りたかったから、夜の予定もほとんどなしにしていた。

この数ヶ月ぽっかりと時間ができたから、思う存分嘆き、韓国に旅をしたり、そしてなによりも思う存分家にいた。ドラマもやっと見れるようになったし、深夜テレビも楽しめる時間があった。朝ごはんを用意したり、お弁当のメニューを考えてから作り出したりもできた。前は前の晩に徹夜同然で用意して、一時間の仮眠でムリヤリ起きてすぐに寝ぼけてつめたりしていたのでちっとも楽しくなかった。

それはたとえたいしたことない時間でも、人間にとって必要な時間なのだ。

最初の項でも触れたことだけれど、これは、何回言っても言いすぎることはない。雇用している個人にパワーがあっちゃ困る人たちがいて、それで社会のいろんな制度ができたんじゃないの？　とよく言われているが、ほんとうなんだと思う。

この間、りかちゃんという一目おいている友達とお茶をしていたら、

「私は今、ひまでとっても幸せだから、いろんなことができるしわかるんだと思う」みたいなことを言っていた。すばらしいなと思った。彼女は元バリバリのキャリアウーマンで、この世でいちばん忙しい業界にいたし、ご両親も会社を経営していたので、忙しさについてはもう味わいつくした人生だから、説得力があった。

「もしも忙しく仕事をしていたら、体の中にあるオレンジジュースみたいなだいじなものがどんどん薄まっちゃうんだもん、そうしたら疲れるし、疲れると結局彼にも友達にもほんとうにはなにもしてあげられなくなるしさ」

とりかちゃんは言った。

なんていいこと言うんだろう、と私は思った。

売れっ子すぎる芸能人がだんだんパワーを失っていくみたいに、薄まっていくなにか。

昔むかし、ある国でパーティ的なものに行ったら、炒《いた》めた芋虫的なものをにっこにこしながら持ってきて「さあどうぞ！」みたいな顔をしてすすめてくれた人がいて、

「私はけっこうです」と言うと、

「な〜〜〜んで？　なんでなんで？　ぜんぜんわからない、なんでこれを楽しまないの？　ありえないありえない」みたいなことを本気で驚いた顔で言っていた。

今も芋虫的なものは食べられないけれど、彼のあの表情だけは忘れられない。

なんていうのかなあ、自分にとっていいものを無邪気にひたすらに人にすすめるような、ああいう顔。どんな場面でも最近見ない。

ハワイの人が夕陽を指差すような、台湾の人が熟れたベルフルーツを試食させてくれるような、韓国の人がカンジャンケジャンにかぶりつきながらおいしいところを分けてくれるみたいな、あの感じ。

時間がたっぷりある中で疑いを知らず、急がされずに育《はぐく》まれた、ああいう確信に満ちたものが、りかちゃんの言うオレンジジュースみたいなものを濃く保つんだと思う。

6月
June

6月

優れたものを持っている人を人々に軽く紹介したり、年下の人にアドバイスを求められたときには自分の知恵をシェアするというのは、年上のものの義務だと思っている。

出版社さんには断ったりすることもあるので借りを作れない。だから自分の作品を守るためにも、出版社に人を紹介することは基本的には一切していない。持ち込み原稿は「同業ですので」とていねいにそのままお返ししている。

あるとすればただこういう自分の持っている場で無償で軽く触れるだけだ。その考え方を大切にしてきた。

ある程度仕事を成し、いろいろな経験をし、今は自分のしたいことに集中し、また人生の後半になにを書くかに向かっているので新しい体験をしたり学んだりもしている、そんな時期に私もなっている。

と余裕をかましているわりにはいつもお金が足りないときゅうきゅうしているが、実家に対する金銭の責任が少し減った今、猛然と引き寄せるぞ〜！　お金よやってこい！　老後にはビジネスクラスに乗れるくらい（いきなりいやしい＆案外小さい夢……）！　イギリスにはヴァージンエアで、ドバイにはエミレーツで行けるくらいに！　ああ、飛行機しか思いつかない！　ホテルは五つ星だと気詰まりだから四つ星で！　なんだか私、小さいよ！

とにかくけちに生きたくない。心だけでもいやしくなく気前よくいきたい。

人生は百年ないと思うけれど、希望をもって百だとしたら、五十になるときってとても大事だという気がする。

私はもうしたくないことをしないことに心から決めた。

したいことのなかのしたくないことは積極的に楽しもうとし、したくないことはしたくないというシンプルな考えを日々実行中だ。

最近、前から顔を出していた宴会に行くのをひとつやめた。

理由は、毎回会計のときにいやな気持ちになるからだ。

私は飲食のお金に対してとてもはっきりしている。自分が年上だったら、多めに出すけれどお金をそれぞれから小額もらう。自分が招待したら、全額出す。されたら素直にごちそうになり、手みやげか後日なにかを送る。お金のなさそうな年上の人には、年下のルールを適用して、話し合いもして、知恵も分けてもらう。それだけだ。

もちろんこれは人それぞれだから、それぞれが合う人と過ごすか、合わない場合はきちんと話し合えばいいと思う。

しかしその会に関しては、全く意味がわからなかった。

多分リーダーがいる会だから、リーダーの意向に合わせる、というのが金銭よりも重要な会だったのだろうと推測している。

はじめから「３０００円ぽっきり」と決めてお店に言うとか、お酒を飲んだ人はその分多く出すとか、年上の人は１０００円ずつ多く出すとか、なにか決まっていれば自分のルール外でももちろん合わせるのだが、そうではなく毎回いったんはきっちりと人数分で割ってから「でもだれだれさんはお酒を二杯、だれだれさんは三杯飲んだ、ソフトドリンクだけの人は損だよね」とかいう言葉がちらほら飛び交う意地悪い雰囲気になり、気持ち多めに払ってすっきりせずに帰ってくるのだが、そういうのがいちばん嫌いな私はもう行かないことにした。

人は日によって、何杯も飲みたかったり、お茶だけが飲みたかったり、サイダーを二杯飲みたかったりする。

私にとっていちばん大事なのはそのことだ。人に会う目的も、飲み食いしたいからではなく、会うのが目的なので、その人の状態も頼み方で知ることができる。

人間、体調も気分も毎日違う。

お酒を多く飲んでごはんを食べない日もあれば、お酒もごはんもたくさん行きたい日もあるだろう。もし愛があればそのコンディションに合わせてみんなで払う分を決めていくのは簡単だと思うけれど、多分、そこではリーダーの顔色を見ながら人間関係のかけひきをするのがいちばんのルールのようだったので、私にとっては時間のむだだなと思った。

行かない、という選択肢を取るのも人生の醍醐味《だいごみ》だと思う。

もう会えないのかもなと思うと、二、三日は淋《さび》しいけれど、すぐにその人たちの好きなところやよい思い出だけが残るようになる。

短い人生をそんなことしながら過ごしたくない。気持ちよく飲み食いできない場には、仕事でたくさん行っている。プライベートではぜひ避けたい。


気前のよいということに関して、他にも思うことがある。

人におごられるのはとてもむつかしいことだということだ。

絵でも文章でも、ものを創《つく》って生きていくというのはほんとうにたいへんなことで、いろいろな罠《わな》がある。ひとつでもひっかかると人生丸ごと階段を転がり落ちていく。

人とは、人にごちそうされたり接待されたりするだけで、勘が狂ってしまう弱い生き物なのだ。もちろん書き物にもやがてはそれが露骨に出る。

バブル時の接待攻撃（今でも取引している信用できる人たちを見極めることができたのは、宴会地獄を共に抜けて人柄を見たからだと思う）を乗り切ることができたのは私が鉄の胃袋と書きたいものに関して強い信念（わがままとも言う）の持ち主だったからだろう。そうでもなければ、心か体が壊れる、そのくらい、人の金で飯を食うのは恐ろしいことなのだ。

そこでだめになる人がいるのは、仕方ないと思う。

体が弱かろうが、繊細だろうが、やはり私は大勢の人を相手にできる強く「したいこと」がある図太い人間なのだ。

私が人生をかけてしたいことは「こうしたら少し楽なのでは」と少し別の角度から世界を見せること。私の目にはこのようにうつっていてそれがたいていの人とは違うのは知っているが、もし私のような人の目で見たら、少し人生が楽になる人もいるのではないか、そう思うからだ。

どうしてそんなことがしたいのかというと、いろんなきびしい夜に、私の横にはいつも本やマンガや映画やドラマがあってくれたからだ。

もしこれが音楽だったら、私は音楽を志していただろう。物語の力が私をふんだんに、出したお金の千倍くらいの力で救ってくれた、そのことをなにかで返したいという気持ちが私になにがなんでも書かせるのだ。

それなら教師やカウンセラーになったらよかったのでは？　そのほうが毎日生き

生きと人に接することができるのでは？ というふうに言う人もいるがそれは違う。

本ではなく直だと人とは「いつも親切なこの人、いろいろやってくれる、でもその人がこのことはしてくれない、プンスカ」とは思っても、「でもそのような人がこのことはしてくれないのなら、理由があるはずだor自分が甘えすぎたのかもor疲れているのだろうorそりゃそうだよな、人間だもん、いろんなときがあるよな」

とはなぜか思ってくれないものだ。

それが人間というものの本質と言ってもいいと思う。もちろん察してくれることを期待もしていない。ただ、そのような感想を他人に抱く状態というのはすでに依存であり、自分がしても人がしてもあまり好ましくないなと思うだけだ。

「そのように他人に対して自分を明け渡してしまう人に、直接『こうしたほうがいい』なんて言えるような責任の取れる生き方を私は別にしていない」ということだと思う。

人は人を変えることはできない。ただ、本人がなにかを見て変わるだけだ。

そういうことも考えるとやはり本のほうが私のエゴを抜きにしてしみいっていく気がするのだ。

本は、その人にとって必要なときにそこにあることができる。必要ないときは静かにしていてくれる。勝手に接して勝手に得ることができる。

そこが私に合っているのだと思って、今日もこつこつ小説を書いている。

人生は、全《すべ》てひっくるめて結局は全てが本人の責任。しかしたまに察し合える人同士がいると、そこにはほんもののともだちができる。

私はあらゆる生き地獄をくぐりぬけてきた。そのつどトカゲがしっぽを失うような感覚で痛がりながらなんとかずるずる来たというか。

だから有名になったり、お金が入ってくることのよくない面を痛いほど知っている。

私の近くにいると、私が選んだ小さい冒険を見ることができる反面、少しでも頼ろうという心があればそれははねのけられ、ついでに私のどぎつさや図太さや冷たさを見るはめになる。それらは全て私の「どうしてもしたいこと」を守るために存在している性質だけれど、それはとても伝わりにくい。

たいていの人は新しい体験をするきっかけになった私を恨みながら去っていく。もはや図太いから気にしないんだけれどやはり傷つく。

私が私でいるだけで、私が生きているだけで傷つく人がいる、その事実に傷つくことはもちろんある。

でもそんなこと言われても知らん！　で通すしかない。私には私の愛する人たちと私を愛する人たちがいて、それで充分だから。

そんなにリスキーでも私はすばらしい人の情報をシェアすることを、自分の得たものを書くことを、いとわないと思う。もし私の書くものを好む人がなにかに触れるきっかけになり、少しでもその人の良きように、楽になれるように、変わるきっかけになるといいと思うからだ。


そんな私が大勢とシェアしたいすばらしい人のひとりが、やまじえびねさんだ。

彼女のマンガがいつでも大好きなんだけれど、やっと新刊が出た。

「鳥のように飛べるまで」というバレエマンガだった。

彼女の絵はとにかくすてきだし、レズビアンものもすてきなんだけれど、なによりも彼女の作品を読んでいると静かに瞑想《めいそう》しているような気持ちになるのがいい。

個人的に、そういう作品がなによりも好きだ。瞑想空間に入っていけるような、よき人々がよき人生のために歩んでいくような静かな世界が。

もちろん魅惑的な美しい人々が出てくるマンガはたくさんあるけれど、彼女の世界の人たちにはちゃんと肉や血がある。セックスをしたり、苦悩したり、疲れ果てたり、嫉妬《しっと》に苦しむ。なのに、すがすがしいのだ。あのかわいらしい人たちの姿や服装や驚く顔を見るだけで幸せになる。

やはり大好きなチェリーさんや小池田《こいけだ》マヤさんもそうだけれど、ああいう変わった才能を大切に抱いているフィール・ヤングという雑誌はほんとうにえらいと思う。こつこつと自分にしか描けないものを描き続ける人の小さな声、大勢には好かれない強い個性ゆえに消えてしまいそうな世界。でも、この世にはなくてはいけないものだ。

元担当の松家仁之《まついえまさし》さんが小説家になった。

長い小説でびっくりしたが、内容はすばらしいものだった。

やまじさんに通じる静謐《せいひつ》な瞑想のような世界。

軽井沢のいちばんよいところを匂《にお》いまで思い出せるような美しい自然描写。

建築評論小説とでも言うべき新しいジャンルのものだったが、いちばんすばらしいと思ったのは、昭和に生きたそんなに声高ではないが世界をひっそりと改革しているようなものすごい仕事を成し遂げ、周囲の人を経済的にも精神的にも守りながら、あくまで人間として生々しくそして上品に生きた世代のあるきらめく局面をきっちりと論じている作品だということだと思った。あまり人が目を向けなかった大きな鉱脈がそこにはある。

華やかな名声や政治家のような富や生活を選ばず、自分の好きなものを妥協なく表現して生きた人間。その人を取り巻く嫉妬や愛情。そういう人たちは自分が死ぬときに全ての後始末をきれいにつけていく、そんなことがこんなふうに語られた小説を書くことができるのは今や彼だけかもしれないなと思う。

そのような優れたテーマを持っている上に何千人の人にインタビューし、美術誌の編集長としての知識も蓄え、たくさんのゲラを読んできた松家さんだから、いいものをたくさん書いてくれるだろう。

そして人としての松家さんの持っていた独特の「ここから先はやりません」感、あれは、人生最後の仕事が編集者ではなかったからなのだな、そして、その上に「ここから先はやりません、なぜならこれ以上考えたとたんに自分が透明になって消えてしまうんです」という彼の優しい人格の特徴がさらに強くあの感じを生み出していたんだ、やっぱり人と作品はイコールなのだな、きっと私も深いところではそうなんだろうな、としみじみ納得した。

主人公は別に本人ではないのに、長〜い時間松家さんと会っていたような気持ちになり、ああ、身近な人は私の小説読んでこういう気持ちになるんだろうな、恥ずかしい！　となんとなく思ったりして、それも楽しかった。

前に羽海野《うみの》チカさんといっしょに新幹線に乗っていたら、チカさんがあのかわいい声で夜の窓辺に寄り、うちのチビに「ほら、目のまわりを手で囲うと、街の明かりがよく見えるよ」と言った。そのとき、突然彼女のマンガの世界が目の前に出現して、その強さと深さにびっくりしたことがある。

松家さんも、そんな感じがよくある人だったので、なるべくしてなったんだと思う。

大好きな人が小説家になるってこんなに嬉《うれ》しいことなんだと誇らしく思った。

関連してよく思うこと……やまじさんのマンガのように、松家さんの小説のように、静かな心で暮らしたい、そう思う。基本的にはそうしているつもりでいる。

静かな心で暮らしたいと思う人たちがいる場所というのもある。

そういうところに静かな心で行ってみると……どうしてもいつも浮いてしまうのである！

自分が柔道やプロレスをやっている大男で、どんぶりめしを食いながらがははと笑ってちょっと動いただけで皿など壊してしまう、そういう存在になったような気がするのだ。もちろん被害妄想だってわかっているけれど、でも、やっぱりわかる。

私などがその空間に足を踏み入れると「なんだかがちゃがちゃしたうるさい波動の人が来た、この人は違う」という彼らの動揺がしみじみと伝わってくるのだ。存在を責められているような気さえしてくる。

それで少し考えてみた。

「町はとにかくうるさいし、おそろしい人たちをたくさん見る。美しいものや静かなものが好きだから、そういうものは不愉快だ。動物を殺して食べるのもいやだし、とにかく自分の内側を大事にしたい、なるべく自然に暮らしたい」

ここまでは全く同じなのだ。そしてこの繊細さを私も一応(一応ね……)持っているのだ。ヴェジタリアンの友人も多いし、そういう人たちと会うときは野菜をおいしくいただいている。

この間、ハワイに行って瞑想センターのヴェジタリアンランチのブッフェを食べに行った。自然が好き、庭の大きな木が好き、おいしいものならなんでも好き、そんな私とちほちゃんとチビと友達たちと……庭の木で遊んだり、おいしいカレーや豆料理をおかわりしたり、うるさすぎず、興奮しすぎず、ごく普通に過ごしていたのだが、どうも全く違うのだ。雰囲気が……。

来る人たちはみんな静かに微笑《ほほえ》み、ゆっくりと食事をし、ゆっくり歩いていた。

しかしそれに比べて私たちは予想がつかない動きをするし、やはりうるさいし、全体的にがちゃがちゃしているのだ。まるでなにかの決まりがあるところでそれをむちゃくちゃやぶっているような、そんな感じ。

いつしか周りの人たちは、私たちに耐えきれず優しい気持ちで笑顔を見せつつもそっと去っていった……。

このあいだも、とても小さな声の優しい人たちがやっているごはんやさんでひとりランチをしていたら、私だけがひとりでもすっごくうるさいのだ。オーダーの声も食器の音も、たくあんを嚙《か》む音さえも、他の人たちよりも圧倒的に騒がしい。

とってもよく理解できるのだ。

「この世はとても住みにくいところ、生きていくのはたいへん、だから自分は『限定』することにした。限定して深めていくことにした。だから私たちの場所に来ないでほしい、そっとしておいてほしい」

その気持ち、わかりすぎるほど。自分もそうなんですと言いたい。

しかし、なんだろう、私の中のなにかが野蛮に暴れだしてどうしてもそこには行ききれない。

たとえば色事に関しては私も上記のような「もう終わりました」態度をきっぱり取っているのでほかに関してもできるはずなのに、なぜ生き様はケダモノなのだ⁉

そしてそういう人どうしが微笑み合い静かに過ごすさまはまるで会員制のクラブのようで、他の会員制のクラブに比べていっそう厳しい基準がある気さえする。文句を言っているのではない。なぜなら、そういうところにいる友達と会うときはお互いが歩み寄ってなによりも会えることを大事にしているから、不自由がない。

考えさせられるポイントはひとつだけだ。

健康的なものを食べ、地球を愛し、思い切り生を全《まっと》うしたい、お互いにそう思っているのに、なにが違うんだろう？　お互いの情報をシェアする必要はないにしても、そこまで棲《す》み分けなくてはだめなところまで、時代は病んでいるのか？

私のしていることは吉野家に行って「野菜しか食べられないんで、タマネギ丼《どん》にしてください」と言ってるのとあまり変わらないことなのか？

ちなみに「昭和の整体系」の人たちとは「ライフスタイルは違うけれどお互いにいいよね」とたやすくなじめます。

さらに同じ話を深めると、私の読者たちには特別なコードがあるともちろん私も思っているが、百作に一作くらいそのコードを持っていない人にも響くものが書きたいと、望んでいたいという気持ちは捨てられない。深めていけば奥底で突然通じる日がくるはずと思わないで書いて生きていくことは、私にはできない。

瞑想、ヴェジタリアン界の人たちの中にも、きっと「肉食の人たちにも『これなら肉はなくてもほんとうに楽しい、おいしい』と思ってくれる料理が作りたい」という人たちはいるし、何回か国内外でそういうレストランに行ったこともある。その人たちの外を向いた心は、私が小説に対して持っている気持ちと同じだという気がする。

この問題はなかなか解決できないけれど、ゆっくり時間をかけていろんな場を見ていきたい。

やまじさんのマンガの中の人たちが、苦悩しながらも自分の生活の美しさを手放さないように、どこにもうまくあてはまらなくても、自分の心の声の変化にそのつど敏感に生きていきたい。

透明になってさりげなくそういうお店に行けるでもなく、個性を貫いて大騒ぎしてこっちのペースに持っていくのでもなく、心をつくしてなるべく理解しあおうとし、むりならそっと去る、そんな、どちらでもあるような道を見つけたい。どの場所でも。


意地悪の話もひとつメモしておきたい。

最近の不景気や政情不安にまつわることで主婦としていちばん気になるのはもちろん経済のことだが、人間としてもっとも気になるのは「日本人にはもともと本音とたてまえ文化な上賢い分意地悪いところがあるのに、今の日本人はほんとうに意地悪い、町を見たらちょっとした無益な意地悪でいっぱいだ」ということである。

日本人って、ここまでだったっけ？　と目を丸くすることが多い。

私の心はそういう意味ではニュートラルなので、意地悪に目を向けているから意地悪が見えてるわけではない。観察する私の目はまるで機械みたいに感想を持たない目だ。

……話は戻って意地悪のことだが、そもそも江戸っ子と天草っ子の裏表がない親たちから生まれた私には意地悪っていうものがそうとうに理解できないものみたいだ。双方がいやな気持ちになるし、時間もむだだし、なにも発散されないし、ほんとうに意味がわからない。

昔、アラーキーが飲み屋でたわむれで私の写真を撮っていたので「一枚百万円でプリントしてもいいわよん」とか冗談を言っていたら（そんなの冗談に決まってるでしょ（笑）！）、彼と親しいらしきその日に仕事を頼んできた編集者の女が「はんっ、本気でモデルになる気でいるわ、厚かましい！」と私に直接言ったのでただびっくりしたが、今のおばさんになった私なら「あんた仕事の場でそれはないだろ、オレは今日あんたたちに接待されてやむなくここで飲んでるんじゃよ」と言うだろう……。

まあ、つまり意地悪とはそういうもので、自分が面白くない場に面白おかしそうな人がいるととにかく腹が立つ、とそういうことだ。わからなくもない。

その点、私はすばらしい環境に育ったと思う。下町なので近所の人々には「怒るかごきげん」の二択しかなく、怒っているときはものを投げたりちゃぶ台をひっくりかえしたり大騒ぎだが、朝から夜までこの上なくごきげんに歩いている人がいっぱいいたのだ。

まあ、いずれにしても人とは日々のストレスがすごすぎると、どうしても小さく発散させてしまうものなのだろう……

たとえば駅前で若者たちがわいわい騒いで待ち合わせをしている。祭りのようでたいへんに楽しそう。そんなときにいろんな人が聞こえるように「ちっ」と言って通り過ぎるのである。あるいは「すみません、ちょっと通してもらえますか？」とイライラして通る。特にじゃまなわけでもないのにだ。

また、店でちょっと声高に話している人がいると、すぐ別の席から苦情が飛んで行く。苦情を言った人の意地悪い顔を見ると、よその席にいても食欲が落ちる。

あるいは声高な人たちも尋常ならざる声高さで、まるで叫んでいるみたいだったりする。その顔もたいてい楽しそうではなく、話題も意地悪い。「少なくとも自分は正しい」にみんながしがみついているみたいだ。余裕がない。

昨日、あるクラシックのコンサートホールに行ったら、開演まであと五分くらいだったので、係の人が私のチケットをもぎとるようにうばって「席にご案内します！　急いで！」と言った。私は死ぬほどトイレに行きたかったので、ごめんなさい、二分でトイレに行ってきます、とトイレにかけこんだ。

そしてほんとうに二分で出てきたら、うちの子どもがチケットを持たされてぽつんと立っている。

係の人は他の遅れた人を次々案内しようとトライしていてトイレから出てきた私と決して目を合わせない。言葉もかけない。間に合いましたねとも言わない。

この感じ！　よく飛行機の中でも味わう感じ。「日本茶をください」と言うと「少々お待ちください」というが覚えていても二度と目を合わせないで忘れたふりをして溜飲《りゅういん》をさげているフライトアテンダントの感じ！

よく誤解されるけど、私は自分がいやな目にあったからクレームを言っているのではない。基本的にはトイレにかけこんだ私が悪い。また、理想社会を夢見てそれを他人に強要しているのでもない。また、ぐちでもない。私は自分の人生を自分なりに満足して生きているからぐちはない。

ただシンプルに「自分は人に意地悪くするのはやめたいな」「なんだか最近空間の意地悪度数が飛行機の中並みだ、つまり、この世が飛行機の中並みに不快なのだろう」と思って、今の時世の特徴としてメモしているだけ。

でも私はもしそのちょっぴり意地悪い人たちがもし困っていたら、素直に助けるし、笑顔を見せる。親切にしてくれたらどんなに意地悪い人でもお礼を言う。そうありたいと思う。ベビーカーを見たらにっこりして、転んだ人にはとりあえず大丈夫ですか？　と言う。それがたとえしょうもない酔っぱらいでも。ものを落としたら走って追いかけて届けるし、お年寄りがいたら寝たふりをせず席をゆずる。正しいことだからではなくって、そうしたいから。知らないふりをしたり、気づいてないふりをしたら、胸の中にもやもやがたまって気持ち悪いから。

このあいだ香港にいるときに父が亡《な》くなり、みすぼらしい身なりで実家にかけつけることになり、喪服になりうる色の服をあわてて買わなくてはならないので高級っぽい店に入ったらいかにもなお姉さんが私をじろっと上から下まで露骨に見て

「金なさそう……まあしかたないから声かけるか」って感じで声をかけてきたが、状況を話していたらだんだん親切になってきた。最後にちゃんとしたクレジットカードを見せたら、お得意さんになりうると思って名刺をくれた。でも、その過程と名刺のギャップはほとんどなかった。あれ、なんだか人と会った感触が残っている、と私は思った。お店では久しぶりの感じだった。

そのくらい日本人は高ストレスの中に暮らしているんだなと思う。

人生は一度しかない、そんなこと、だれだって知っている。

なるべく楽しく幸せにいたい、一度だからもちろんいろんなことを味わいたいけど、よい気分が多いといい。それだってだいたいたいの人の気持ちだろう。

だったら、起きているあいだはなるべくすっきりして、寝るときはぐうぐう寝て、いやなことはすぐ忘れ、よく食べてよく笑って怒って泣いて、そして全部をすぐ忘れる、そんなふうでいたい。けんかしてたことを忘れて笑顔であいさつしちゃったり、そういうこともあったっけ、でも今特に足が向かないから会わなくていいや、みたいでいい。細かいことはわからないしどうでもいい。

「そんなことむり、だって……だから」と言われたら、「そんなの知らんよ！　わしにはわしのことしかわからん！」と清々《すがすが》しく言える自分でいようと思う。

そのことをもっと考えつめてみたら、意地悪というよりは「こずるい」という感覚も私にとっていちばん苦手な感じだけれど、そのふたつは補い合って回っているんだなあ、と納得した。

こずるくて意地悪な中にいると、人はきっとストレスを感じて、常に身構えるようになっていき、そのストレスでまた悪いことを周囲にしてしまい……とあまり健康的ではないと思うんだけれど、悪循環は止まらない。

ストレスフルでない人を見ると「ちっ」と思うような、それが人類の進化だとしたらとても悲しいので、私はストレスフルでない人を見たら、にこにこしてほめようと思う。個人レベルでしか対応できないので、せめてそのくらいはしたい。

たとえば携帯電話会社に契約に行くと、普通に「なるべくおとくに、ふつうに有能な携帯電話をここで契約したい」と素直にやってきた大半の人々が感じる、小さいだまされ感。

大金を払わずには決して解約はできないようになっていて、四百円、五百円の小さい借金を毎月返済させるようなシステム、すごい場合は他の会社の悪口を堂々と言ったりうそをついたりして、さらになにかを買わせてそれを分割で返済することになるが、その場で出すお金が小さいためにあまり負担に思わないようなしばりを課せられるという……いつも途中で「いっそ、もう一生解約できないから観念してください、その分サービスがよくなるようがんばります」って言ってくれたほうが楽なんだが、と思って笑い出しそうになってしまうが、社員はノルマがきつくて大まじめだという……。

社長がどんなにいい人でいくら寄付しようと、そんなこずるい手段で人から四百円、五百円と多くかすめとっているんだから、当然だよなとさえ思ってしまう。

まあ、どの会社も似たようなものだとは思うのだが。

つまり、意地悪&こずるさで人から小額でもお金をかすめとって、他と差をつけて生き残る、というのが今の時代のスタンダードな賢さなのだろう。

子ども手当の書類が来て、よく見てみたら、あらゆるひっかけ問題にうまくひっかからないようにしないと子ども手当が支給されないという書類で、そもそも契約時にはうんといい話だったはずが「払わないですむものなら、少しでも、軽くひっかけてでも、払わないようにしたいなあ」という話にすり替わっているのを見て、

「まあ、国からしてこうでは、しかたないよな」

と思った。まあ、そうやって生き残っていっても、死ぬときには全部同じになるわけだから、後味よく生きることにしたいなと思うだけで、特に意見はない。

私は自分の本に関しては泣かせる帯でごまかしたり、部数や単価を上乗せしたり、お年寄りや子どもにこびたり、フレンドリーな外見でこすい内面をごまかしたり、サイトもちょっとだけ有料にしたりしない（無料だからスポンサーもいないので好き勝手に書けるし、縦に長いから不便と言われても、サービスしないのがここの心からのサービスですと答えることができる）で、自分にとって妥当なことをしていきたいなあ、とだけ思う。

こんなにはっきりしたどぎついことをつらつら考えているのだから、小説なんか書かずにどぎついエッセイでも書いたり講演でもしたら？

とたまに言われる。

あなたの小説はむつかしいけれど、エッセイは理解できるから、もよく聞く声だ。

でも、小説を書くのをやめることはないだろうと思う。

まず、主人公はいつかどこかでこの世にいた人で、その人の切ない思いを聞いて書いてあげているから、その役割を誇りに思っているから。

それから、私の個人的などぎつい好みを語っているときには決して人に伝わらない静かな深い思いが、なぜか寓話《ぐうわ》の形にすると遠くの人と共有できるようになるから。遠くの人の厳しいつらい長い夜に優しく、私以上の深みを持ってよりそってあげられるから。

どぎつい私個人には全く興味がなくても、私の小説に温泉みたいに入りたい、そういう人がたくさんいてくれたら嬉《うれ》しいと思う。その中でも特別好みが合う人は、仲間みたいに私個人にも興味を持ってくれたらいい、でも基本的には私自身はどうでもいい、私は小説を書くための天からつながるただの管みたいなもの、エッセイはプロではない、そう思っている。

私のエッセイは、小説の攻略本みたいなもので、いらない人にはいらない、そういうものだと信じている。

でないとこんなに無責任に書けないし！

天草へ姉といっしょにちょっぴり散骨（祖父の造船所跡と、イルカウォッチング船で、ひとかけらだけ父の骨を海にまいた）＆ゲリラ墓参り（単に親戚《しんせき》に挨拶《あいさつ》もせずにだまって手を合わせてきただけ）というのに行ってきた。

飛行機には乗り遅れそうになるし、姉は船に乗り遅れるし、部屋の係の人がとても変わった人でどうしても話が通じなかったり、とにかく波瀾万丈《はらんばんじょう》の旅だったけれど、とても楽しかった。

父は一度も天草に暮らしたことはない。

なのに、父が生涯追い求めたものは天草の風景だった。

姉も天草があまりにも西伊豆《にしいず》に似ているのでびっくりしていた。

父が心の中でいちばん懐《なつ》かしく思うのは、ああいう風景だったんだなと思う。血の中にひそんでいるなにかは決して消えないのだなと不思議に思う。

こんもりした山、神社、お寺、勾配《こうばい》が激しく、登ればいつもきれいな海と小島が見える。漁船がそっと停めてある磯《いそ》くさい港たち。湾なのであまり海は荒くなく、人々はのんびり親切で、柑橘《かんきつ》類がいっぱいなっていて、不便な場所だからあまり外界のものがなだれこんでこない……そんな場所の風景。

そこを歩いていると自分はまだ小さな子どものようなのに、姉も私もすっかりおばあさんに近い年齢になっていて、とても不思議だった。

チビの中にその旅はどんなふうに残るのだろう。そう思った。

父のお骨をアンダースローで力いっぱい投げたら、大事にしていた数珠《じゅず》がふっとんで骨のちょっと手前にぽちゃんと落ちた。きっとよい供養《くよう》になったのだろうと思う。

今、愛するそのふたつは遠いふるさとの海にいっしょに眠っている。

7月
July

7月

取材をかねて台湾の田舎に行った。

なにもかもが昭和の日本そのもので、すっかり忘れていた屋台の裏のすえた匂《にお》いとか、新幹線の両脇《りょうわき》に山が迫ってくる感じとか、家族レジャーのあり方とかに、懐《なつ》かしくてくらくらした。観光地で遊んで、帰りに行くお店では名産品をばりばり売りつけるけれど、お互いにもの珍しいからごきげん、みたいな雰囲気も懐かしい！

こういうのを知っている最後の世代が私たちなんだなあ、と思う。

でもいざ台北《タイペイ》に戻ってくるとそこは完全に西洋の資本に侵略された大都会と、そのライフスタイルの中で海外生活を経験してお金持ちの人生を歩むセレブ的若者たちの姿でいっぱい。どうかたくましく良さを残してほしい、と思う。

でも東京と同じで、行くごとにタクシーの運転手さんがせちがらくなっていく。

タクシーの運転手さんの言動を見ると、いちばんこの世の流れがわかる。

東京は今や、少しメンタル的に不安定な運転手さんでいっぱいだ。

いちばんはじめに台北に行ったときは私も若かったが、タクシーの運転手さんはチップを受けとらなかった。

「日本からわれわれの国に来てくれたのに、そんなものはもらえない」とはっきりいう人さえいた。善し悪《あ》しではなく、そういう時代だったのだ。

日本のおじさんだって、みんなそうだった。もちろん常に例外はあったけれど、みんなそういう感じだったのだ。

「強心臓」(スンギさんが好きだから)を観《み》ていると、韓国ではまだまだ重要な価値観のほとんどが儒教の教えから来ていることがわかる。アンチ常識な作品も全《すべ》てはその巨大な基本に逆らうことからしかできていない。

だから、やっぱりほっとする。

目上の人には汚い言葉を吐かない、人の意見を尊重する、親を大事にする話ではみなが涙を流す、親は子供のために貧乏したり苦労してもがんばる。子供はそれを知って親に感謝をする。

それが普通によしとされているからだ。

韓国の犯罪は日本なんか目じゃないほど乱暴だし、芸能界だって日本なんて比べ物にならないくらいいろいろある。情や恨みも強いから、人間関係はもっときつい。

しかし、おおまかな絶対的な価値観はそんなところにあるから中年はやっぱり安心するんだと思う。

お金よりも大事なものがある、というような感じがいちおうまかりとおっているから。

東京の巨大なショッピングセンターのフードコートに行くと、そこには今の日本の全ての病理がぎっしりつまっている。多くの人が家畜のように並んでいる中でちょっと得したり、ちょっと先に行けたり、ちょっと優遇されることがいちばんだという雰囲気の中にいると、特別扱いされない人たちはクレームを言いだす。

あたりまえだ。どうしてかというと、たとえそうされたとしてもそこでの管理された特別扱いやそこでのベストがしょせん人間の心を満たすようにできていないからだ。目標のない、魂の入っていない目先の憧《あこが》れだから、かなわないといっそう腹が立つのだ。

人間には人間とのふれあいが必要だし、他のだれでもない自分を他のだれでもない自分として扱ってほしいという気持ちがあるからだ。

思わぬ安価で食べることができる「なんとか鶏《どり》のなんとかさくさく唐揚げ、どこどこ産の大根おろしつき」とか「なんとか豚のジューシーなステーキ、焦《こ》がしにんにくソース添え」とかにその場ではよだれをたらしていても、ほんとうは「あなたの好きなものを、あなたを思って作ったよ、いっしょに食べよう」というのを求めているからだ。

体とひとつになっている心があるかぎり、人間の幸福はそんなに変化しない。それをこれからも静かに確実に訴えていきたい。

「ヘルタースケルター」を観たら、そこには上野耕路《こうじ》さんの音楽と共に八〇年代の私たちの価値観がぎっしりとつまっていて、あの中のエリカさんを美しいなと思うたびにとても胸が痛んだ。

なにをしていてもどこかきっちりしているのが、日本人なんだなあ……。

西洋の人たちは肝臓も腎臓《じんぞう》も大きいのでもっとケモノ的な壊れ方をするし、日本以外のアジアではなかなかあそこまで儒教的なものを軽んじることはないので、全体が実に中途半端《はんぱ》な日本人的な感じなのだが、そこが切実でまた切ない。

行き場がないほどつきつめて、その中に刹那《せつな》的なきらめきを見つけて、そんなことは永遠に続くはずはないってわかっていても今を楽しく生きる……そんなあの時代に私はその対抗勢力として出てきて、人の心に慰めを与えた……という位置づけに歴史上（？）はなっているのだが、そんなわけがあるはずがない。

私もその頃、きれいな服を着て、ハイヤーに乗って、手を汚さず、金にまみれて、高いお店でシャンパンを飲んで、有名な人たちに会っていたのだから。朝のホテルで気だるくコンチネンタルブレックファストを食べて、湾岸の海を見つめて親と違う価値観の中で絶望していたのだから。

もちろん遊び人ではなかったし根がヒッピーだからクラブっ子ではなかったし、ものすごく書き物の仕事をしていたから全然違うんだけれど、同じような文化を享《きょう》受《じゅ》していたことには変わりない。

だからあの感じはよ〜くわかるし、私があの価値観の中で気づいたのは「体はどうやっても無視できない」という当たり前のことだった。あの頃、なにをしても太れなかった自分がとてもこわかった。だから今デブだと安心して（安心しすぎて腰に悪いほど太るのはよくないんだけど）いる。寝ていないから食べた分さえ太れないのが、ほんとうにこわかった。

いちばんしみじみとあのこわさを象徴しているのは、晩年のマリリン・モンローがよく生理の血のしみをつけたままでふらふら歩いていた、というエピソードだと思う。

あと、前にタイのタオガーデンで血液検査をしたら、私はちょっとだけ血がドロドロしていて食生活や貧血に関していろいろな注意を受けたのだが、その先生が「あなたは顔色がいいけれど、血は見た目ではわからない。このあいだ来た、ほんとうにほっそりしていてしかしヘルシーな体格で肌もきれいで生き生きしているモデルさんが、調べてみたら、これまで見た中でいちばん血が汚かった。病人よりも年寄りよりもドロドロで、生きているのが不思議なくらいだった。あれは忘れられない、ぞっとした」と言っていたのも忘れられない。

体というものがあくまで一生自然に属している、ということに気づけたのは体を無視して（りりこのように）生活した経験があるからに他ならない。

懐かしい悪夢のような、しかしとてもいい映画だった。特にりりこの妹のキャスティングの迫力に、蜷川《にながわ》さんの本気度と根性を見た。

デビュー二作目と、大きなことがあったあとの作品はあまりよくない、というのは全ての作家にとって定説だけれど、そんな私も今回の長編はあまり冴《さ》えていない。冴えていないときにどこまで持っていけるかが実力だと思うので、じりじりとなんとかつじつまを合わせている。

いつも通り「風変わりなよい人たちが、不思議な生活をしているなかで、人生のよさに気づく」（自分で書くと身もふたもないな）という作品なので、よくも人間の描けることにはこんなにバリエーションがないものだなあ、と思うと同時に、みんな疲れたらいつでもここに帰ってこいよ的な気分もある。そしてその同じことを書いている中にもほんの一歩か二歩進んでいる、そこが大事なんだと思う。その程度の飛翔《ひしょう》しかできないのが個人というものなのだ。そしてそのことしか書けないことがいちばん大事なのだ。それが個人に課せられた一生のなにかであり、それしかないと思うとまるで牢獄《ろうごく》だが自分にしか書けないと思うと意味が出てくる。そしてその数歩の進歩のために一生を使う。人生でできることはきっとその程度でいいのだと思う。そこを見誤らないようにしたい。

ガルシア・マルケスはもう書けないというし、振り返ってみたらだいたい同じようなことを書いている。長い細かい説明描写と、ほんの数行のありえない飛翔。でも彼の偉大さは損なわれることはない。一生をかけてあの毎作の数行の飛翔を書いた。それで充分ありがたいと読者としての私は思っている。

父は一生のあいだ常に「市井《しせい》の人々の中に、真に偉大な人が埋もれている」と言い続けてきたし、私はその価値観に大きな影響を受けている。

私の知っているある女性の料理人は、毎日毎日たとえへとへとでも気持ちを切り替えておいしいものを作っている。会えばいつも笑顔で手を振ってくれる。落ち込んでいることもあるし、迷っていることもある。それでも、その細腕でいつでも真剣に料理を作っている。

もしも彼女が一回でも自分の人生をうがったようなシニカルな、あるいは分析的な目で見たら、それはもうすげ〜むちゃくちゃな状況にいることが多いように思う。すごい形で離婚したし、周りの人間関係もぐちゃぐちゃ、いつでもいろんな人が彼女の優しさを頼りにしきっているし、いちばんすごいと思うのは、言葉が全く通じない人（比喩《ひゆ》ではない）をバイトに雇って満席を回しているときがあることだ。

途中で一回「この人、むちゃなんじゃないかな？　倒れるんじゃないかな、いつかこの健全さが損なわれるんじゃ」と本気で心配してしまったことがある。

でも、そんなことはなかった。彼女は全く変わらず彼女を健全に貫き、深く考えず、まっすぐなままだった。顔つきもいつもすっとしているし、迷いがない発声で話す。

そうしたら、あるときから周りが少しずつ変わってきた。今でも問題がない状況とは決して言えないのだろうと思う。でも、なにかがどっしりと決まってきたし、彼女の料理はぶれないままだ。

これが女性の偉大さのいちばんすごいものなのではないか、と思うことがある。

この偉大さに理屈では決してかなわないな、と思う。

そして彼女のことを本気で尊敬している。この気持ちがなににもならないはずがない。黙って彼女を応援して見ている人がきっと他にもたくさんいる。それが力にならないはずがない。

台湾で夜市に行って、その地方の名物だという三星葱《サンシンねぎ》がたくさん入った葱餅《ねぎもち》を食べようということになった。いちばんおいしそうでいちばん並んでいるところを食いしん坊の私とちほさんは見つけ、旅の友五人で並び始めた。

その屋台のおじさんは他の葱餅の屋台と作り方が全然違った。

手作りの皮をその場でひとつひとつ伸ばして、決して作りおきをしない。そこに新鮮な葱をどっさり入れて、ひき肉を入れて、丸めて、揚げながら平たく伸ばす。

ひだのところがきれいな花の形になるように、暑い中、熱い油の前に立って真剣に形作る。同じ鍋《なべ》でいっぺんに四個しか揚げない。それ以上入れると多分温度が下がるんだと思う。そして揚げたてしか供しない。だから人が長く並んでしまうんだけれど、おじさんは作り方を曲げない。どんどん揚げたってどんどん売れるのに、妥協しないでおいしいものを出していた。

あまりのおいしさにみんな猛然とその葱餅を食べた。何回ほめてもほめたりないくらいに、それはおいしかった。それを食べたあとではみんな笑顔になった。日本人も台湾人もみんなだ。葱餅ひとつが時間の流れや思い出の質を変えてしまう。

しかし、あの人の一生を考えると気が遠くなる。毎日ただ揚げ続ける、作り続ける。それがなんになるのかと問うたらおしまいだ。彼が死んだあとに多くの人に「あの夜市の公園裏の屋台がいちばんだったな」「あそこにうまい葱餅あったよな」と言われることは間違いないが、そのために作っているのならきっとできないだろう。

そんなことだけではなく、あの葱餅には自分の魂への愛があるような気がするのだ。
そういうことがいちばん尊敬することだ。私もそういう姿勢を曲げずに生きたい。

8月
August

8月

こんなときになんでまた、というタイミングで韓国へ行った。
ええと、ちょうど大統領が島に上陸した次の日くらい……(笑)。
なぜって、それはもちろん仕事があったからだ。仕事がなくっても多分ものしずかに行ったと思うんだけれど、食いしん坊だから、カンジャンケジャンが食べたくて。

今アジアでいちばんビジネス的に注目されているのは韓国だと思うけれど、それはよくわかる。根性が違うもの。少し大阪の人たちに方法論が似ているけれど、なんていうか、もっともっとラテンな感じなのだ。

韓国の人たちの仕事にかける雰囲気を見ているといつも圧倒される。ホテルのアンケートで「こういうところがこうだった」(ex.もし席が予約できないなら、できれば朝食時に、空調の真ん前はいやだとかある程度レストランの席を選ばせてほしい）と書くと、よほど理不尽なことでないかぎりは改善されているのでびっくりする。

あの勢いというか、忙しいけど楽しい、だってお金が入ってくるもん！　みんなでがんばれば楽しいし！　みたいな、まだのびる余地がある明るい感じはすごい。

それから、編集の人を「ついでに会社の近くまで送っていきましょう」なんてタクシーに乗せようとしても、死んでも乗らない。乗ったら必ず著者を先に降ろす。どんなにどしゃぶりでも寒くても暑くても。そのプロ根性を見るとほれぼれする。

台湾は一部をのぞき、もう少し日本に似ていてのんびりしている。

中国は行ったことないから知らない……、けど香港はもう飽和状態で、金融に特化して生き延びてる感じかなあ。

韓国でイベントをするのは数回目だけれど、いつもと変わらないあたたかい読者たちがそこにいてほっとした。日本でもそういう人たちがいるから嬉《うれ》しいけれど、カップルでやってきて「あなたの本を貸し借りしてつきあいはじめました」という人たちもたくさんいた。その人たちが手をつないで帰っていく様子を見ていたら、私も幸せな気持ちになった。

本は夢と同じでひとりでしか基本的には読めない。

同じ本をとなりの人といっしょに読んでいても、頭の中に描く絵は違う。

だから、どの国の人でも、その国と日本がどんな関係になっていても、その人が私の本と一対一で向き合った時間は消えない。

それを目で確認するのと、頭の中で「こうだよな」と理屈で思うのとは全く違う。目で確認できてよかったと思う。

こんなようすの人たちの毎日の暮らしに私の本があるんだ、とわかるのはなによりも嬉しい。

そんなときにいつも思い出すのは、亡《な》くなったイタリアの映画監督ルチアーノ・エンメルさんのことだ。

出会ったときに八十歳くらいだったけれど、私のイベントにいらして猛烈に迫ってきた。ずっと手を握ってくどきやめず、夫も笑っちゃうくらいの勢いだった。でも単なるエロじじいじゃなかった。八十八歳くらいのときに、ものすごく奥深く面白いスクリプトを送りつけてきて、日本で映画が撮りたいからなんとかしてと言われた。私は監督じゃないからと感想だけ送ったけれど、彼の作品特有の透明な美しい映像がスクリプトからすでに立ち上ってきたので感動した。

彼のとなりで彼の公式最後の作品「水…火」という魔女を扱った美しい短編作品を見たことを一生忘れないと思う。

そのイベントの仕切りは最悪で私もスタッフもぶうぶう文句を言ったけれど、いやなことの後ろには必ず宝が隠れている。あまりにもすばらしいその映像に私はいやなことを全《すべ》て忘れた。

最後に会ったとき「娘に障害があるから、私も妻も絶対に死ねない」と彼ははじめて家族の話をした。それまで「妻なんか関係ない、つきあおう」とか言っていたのに、だんだん私の色気のなさにびっくりして友だちになってきてそう言ってくれたことが嬉しかったと同時に、その「絶対に死ねない」には「人間、そんなことありえないでしょう、無茶をしないでくださいよ」とは決して言えない気迫があった。

イタリアに行ってなかったら、彼の生と死を見ることはできなかったんだなと思う。

人生は短いし、私は文章を書いていたい。だから足を運ぶことに中毒していてはだめだ。それでもできるかぎり、この目で見ることを大事にしたい。この目で見ないと思い出が作れない。

「人間仮免中」というマンガを読んだ。

それで、ものすごく感動した。

この人のことは、前に家が超近所な頃に、殺人したいという妄想を持ちながら近所のスーパーを歩いていると書いてあったのですごくいやだなあと思ったから、よく覚えている。

前のご主人が飛び降り自殺をはかって植物人間になってしまい、作者も精神を病んでたいへんだったというところまでは知っていた。そのあとますますたいへんなことになっているなんて知らなかった。

もちろんマンガだからものすごく美化というか単純化されているし、作者の卯月《うづき》さんの怒りを発散させたり経済を支えるためにもかなり正直に卯月さんの側から書かれているから、「おお、これが真実なのか」という読み方はできない。障害を持ちながら描かれているから絵もぐちゃぐちゃで、読んでいるだけで充分具合が悪くなった。それでも、この本を扱うことはそれだけでとにかく危険だというくらいの迫力のあるものを読んだのは久しぶりで、大きく心が動いた。このような状態になっても、マンガ家は描くんだ。このような状態でも、人は幸せに向かって生きるんだ。たとえそれがむちゃくちゃであてずっぽうであっても。

私が昔バイトしていた地域、飲んでいた店、つきあっていた人たち……みんなこうだった。こうだったからお金も入ってこないし、病気になるし、損するし、早死にするし、そんなふうだった。常にお酒が入っているしその場の正義で動くし一貫性がないから、なにも続かない。

作家になってお金が入ってきたらそこにいづらくなって私はそこを去った。みな生きているのだろうか？　と思う。多分半分くらいしか生きていないのではないだろうか。

でも、あの人たちはみんなとにかく体をはって生きていた。

美化するつもりはない。でも、とにかく生きていた。卯月さんもこんなになっても生きている。時折のぞく鷹揚《おうよう》な態度は泣けてくるくらいおおらかだ。

こんなことを作品にした人はこれまでにいるのだろうか、顔面が破壊されて目が見えなくなって絵が描けなくなっても、なにがなんでもした人は。

今月は感動した根性の話が多いが、まさにこの作品に関してもそうだ。

「むりしないほうがいい、自分をいたわって」という話が多すぎる昨今、へそまがりな私はやはりこう思う。

「もちろん楽しいのは大前提だし、自分をいたわるのも大前提、でもだからこそそんなもの全部とっぱらって、バカでもまとまりがなくてもなんでもがむしゃらに行くときも人にはある」

誤解を恐れずに言うと、あまりにも自然や社会の動きに対して自分が無力な気がしてしまうと、人はどうしてもコントロールできるもので気を紛らわせようとする。

食べるもの（どこどこ産のものしか食べない、放射能を測定したものしか買わない）だとか、着るもの（冷えないとか、このブランドしか着ない）だとか、毎日〜をどうしてもやる、だとかそういうことにこだわりはじめる。

でもそれは一見よいことに見えるし、私もかなり実践しているけれど、気晴らしという点や、人によって健康を害することもあるという点では喫煙とほとんど変わらないと思う。

取りにいくタイプの人（うまいもの食うぞ！　とか絶対冷やさないぞ！　とかこのブランドが好きだから他のもの着る気がしないぞ！　とかもう空気のいいところに引っ越しちゃうぞ！　みたいな人）はそのタイプが見た目に地味であろうと派手であろうといつでもある意味健康なので、どんな時代でも変わらない。問題なのは、したくないけれどよさそうだからしようかな、みたいな場合だ。

コントロールできるものに囲まれていると安全な感じはするけれど、人生はどんどんタイトになっていき、呼吸ができなくなるイメージがある。枠が小さくなっていく。そうするといざというときに体が力を出してくれなくなる。体が勢いに飢えていて「楽しいことがないなら、もういいですよ」といじけた状態になってしまっていることが多い。

たとえば、戦争中に食べるものがない。体は全力で食物を欲している。そんなときにひとつのカップヌードルがあったら、人は全身で喜び、その中にあるわずかな栄養素さえ心身の栄養にするだろう。

もちろん水は常温で飲んだほうが体にはいいと思う。足首も肩も冷やさないほうがいい。びっくりしたり急な動きだってよくないだろう。しかし、寒風吹きすさぶ駅のホームのはじっこに愛する人が立っているのを偶然見つけて、待合室から上着を忘れて袖《そで》なしで飛び出して走っていくとき、その人は冷えないと思う。

つまり「心身の一致」「潜在意識と現実の一致」がだいじなのだと思う。

ある健康法にだれかがひきつけられる。そのときにだいじなのは、それがどこからやってきたかだ。尊敬する先輩がそれを実践した、行きつけの鍼灸院《しんきゅういん》ですすめられた、あるとき電撃的に書店でその健康法の本に出会った……なんでもいい。その人の深いところのなにかとその健康法が一致すれば、なんでも有効になる。

でももし、そうでないのなら、どんなに体にいいことをしても健康にならない。どんなに肉を食べていても、もしかしたらどこかにシリコンなどが入っていたとしても、たいへんなお仕事を持ちながらも気高く、したいことをなるべくして笑顔でいる叶《かの》姉妹は多分健康だし、なにも殺生《せっしょう》しないで冷やさないで空気のよい自然の中で暮らしていても、周囲に愛を持てない生活をして心が暗く荒れていたら多分不健康になってしまう。

私は、なによりもそのすんごいバリエーションに耐えうる「人間というものの力」がいちばんすごいと思うのだ。

呼吸法ひとつとっても、鼻から吐け、いや、口からだ、いやロングブレスだ、いやいや吸う息と吐く息は同じ長さだ、背骨で呼吸しろ、いや、丹田だ、いや違うのだ、大地から吸い上げろ、などなどすごいバリエーションだが、いちばんすごいのは、心から信じて行えばそれぞれが先生になれるくらい健康になってるっていうことだ。

心から信じていることをすれば、なんとかなっちゃうという、その人間の力がいちばんすごい。

そして今日本の人々がいちばん信じてないのは、その人間の力……そんな気がする。

じゃあ、お金の力を信じている人は全員最低なのだろうか？

と思っていろいろ考えていて、バリ在住の実業家丸尾《まるお》孝俊《たかとし》さんの本を見つけた。

フォーマットが西成のかっこええ漢《おとこ》！　なので、やんちゃ＆タバコな感じは桜井会長を思わせ、おっしゃっていることもなんとなく近い。

人間力重視の感覚を世の中に体をはって残そうとしている感じも近い。

ある程度お仕事が落ち着かれたから、後続の若い人たちに教えようというオープンな感じもどことなく近い。

あまりにもタイプが違うからわかりにくいけれど、森博嗣さんだって同じだ。お金を稼いでいるし、後続に知恵や知識を惜しみなくさずけている。

こういうスケールがでかい、やんちゃな子どもみたいなおっさんたちが町に昔は普通にいたんだよなあ……。

あのおやじんとこ行けば、とりあえず解決する、みたいな。

今は町のおやじんとこ行くと、おやじはめんどうがって目をふせて逃げていく時代だからなあ！

だから頼もしくて読んでいて心明るくなった。昭和な私……。

彼の言っていることを丸々信じて、バリでいきなり事業を始めるすなお〜な人がいっぱいいそうで私だったら発言自体を心配しちゃうんだけれど、失敗してもとにかくやれ！　いつでも相談に来い！　というおおらかな態度に救われる人は多そうだ。

普通こういう人は「なんだ、会いに来いったって、結局金払ってツアーで行くしかないわけで、ツアーでちらっといっしょにごはん食べて終わりでしょ、商売じゃん」と思わせられるんだけれど、この人には「必ずやるな、行って泣き言を相談したら、目一杯知恵を使って本気で答えてくれるだろう」という輝きがある。

大きな不動産を扱っている人の周囲を見る細心の注意を払った態度はほとんどサイキックみたいにすごいし、ほんの一瞬の読み違えでいろんなものがパーになるので慎重&大胆だし、だからこそ身内（血族ではない、志の身内）を大事にするし、あの一瞬の判断とそれを現実にしてしまう力は経験値としか言いようがないから、すぐには身につかないんだよなあ……と思いながらも、無茶して失敗して裸一貫になってどんどん学んでっていう男たちが増えると、それはそれできっと動きがあっていいような気がした。

自殺する人も多そうだけれど、生き残る人も多そうだから。

漫然と三万人が自殺するこの閉塞感《へいそくかん》あふれる雰囲気よりはいいのかもしれない。

根性というのは「〜しなくてはならない」からは決してわいてこないものだ。
「〜したくてたまらない、しかたない、行くか！」と飛び込んでいくものだと思う。
そこには必ず友だちや仲間がいる。人生捨てたものではないと思う。

9月
September

9月

今月はとにかくたくさん仕事をした。

長編をひとつ、中編をひとつ仕上げ、次の長編の下書きをはじめて、細かい仕事も山ほどどし、ジョジョの短編も書いて、そのためにジョジョの第四部を涙ながらに読み返し、あいまに藤谷くんとトークショーなんかもしてみたり、三砂《みさご》ちづるさんと対談をするために三砂さんの書かれたものを読み返し、女のからだについてしみじみ考えたりもして、とにかく働いて働いて働きつくした。

これがまた、特にすごいお金になるわけではないっていうのが悲しいんだけれど、それでもああだこうだ言わないで働いた。

過去にいちばん働いたときでもここまでしぼりこんでやらなかったと思う。

そうしたらなんだかすがすがしい感じがした。

「仕事があるのをただありがたいと思え、とにかく続けろ、それでいいんだ、とにかく人のせいにするな」と今の私なら二十代の弱っちい私に言うのだが、バカ売れしたものだから（そのお金はみんなもう実家や人助けや自分の海外経験に注ぎ込みましたが、全く悔いはないです。やったことあることだから、今堂々と確信を持って書けるんだもの）あれよあれよというまに忙しさのレールに乗ってしまい、その人気者ぶりは仕事にじっくり焦点をあてるどころではなく、家に帰って落ち着いて座って書きたい！　といつも思っていたから、なんでもかんでもストレスにしか思えなかった。

今の私が当時の私のマネージメントをしてあげられたらなあ、と思わずにいられないが、まだ人生時間がありそうなので、今からでも少しずつ経験を生かしていこう。

人生でこれまでに仕事をしたことがバイト以外ない上に、バブル期だから先方も接待の経費をなるべく使いたいわけで、全員が「とにかく会ってみたい」からスタートするので、会う時間から捻出《ねんしゅつ》しなくてはならない。一日十八時間くらい人に会っていたと思う。

すごいときは人に会いすぎて疲れすぎ、歩くとめまいがするので全く歩けず、電車に乗れず、ひたすらタクシーを呼ぶしかなかった。

でも今思えば、そのときがむしゃらに作った人間関係の中から残ったものが、今も信頼と共に育っているわけだ。

しかし子どもだった私は、準備もせずに忙しさが来たものだから、いつもむりに働かされているような気がしていた。あまりにも税金が高く印税率が悪いから、ますますそう思っていた。

それからえてして企業と代理店というものは、事務作業の中にもやもやしたゾーンを作り「こういうことを代わりにやっているんですが、あなたひとりでは絶対にむりなことなんですよ。でも具体的にはなにをしているか教えません」というものだ。正しい営業だと思うし、助け合えるといいと思っているけど、若いときは相手を選べなかったので納得できないことが特に多かった。

それから、よくもまあこれだけ説教されると思うくらい大人に説教された。出る杭《くい》は打たれるって、ほんとうのことだ。

でも私は決して負けなかった。言うことを聞かなかった。聞きたいと思ったときだけ聞いた。表向き静かにしていたが心は自由だ、と歯を食いしばったときもあるし、あからさまに酔ったふりをしたり、走って逃げ出したり、逃亡のバリエーションも覚えた。

がんばっても仕事がない人もいる、人気がない人もいる。だから謙虚であれといつも言われた。

しかし、私は一回も謙虚でなかったことはない。むしろ色眼鏡をかけて見ているほうが悪いと思ったが、目上の人にそれは言えなかった。今はおばさんだから堂々と言える。

「あなたは私の何を知っているのですか？　私の毎日を見たことがありますか？　私の生きてきたちゃんとした道を知っているのは私だけです」

さらに、私はいつでも休みなく仕事をしてきたのだから、仕事がとぎれないのはあたりまえだと思った。なにも文章を書かなかった日って人生で一日もないと思うし、純粋に全《すべ》てを休んだことは二十数年間一度もない。入院してもゲラを読んでいたし、高熱で倒れていても参考文献を読んでいた。

しかし記事には常に「この著者がお金が入ってきて傲慢《ごうまん》になる前の作品はよかった」「おごっている」「見るからに調子にのっている」「高い服を着ていた」などと

やたら書いてあるのだ。

お調子者で子どもっぽいのは生まれつきなのだが、そういうのはとにかくイメージが悪いのだ。

そこでイメージ戦略をしようというほどの時間もなかったし、それこそ面倒くさい。

しかもそのとき着ていた服の数枚は今も着ている（笑）！

本能的なわがままさやいやなことはがんとしてしない代わりに他をがんばる性格でなかったら、今頃ほんとうに死んでいたかもしれない。あるときなど新潮社に昼時行って昼飯が出なかったら本気で怒ったもん（恥ずかしい！）。

また、例えば横尾忠則《ただのり》さんがどこでもなんとなく私みたいな子どもっぽい感じなのを見ると、ほんとうにほっとする……そういう子どもみたいなところをだいじにしている年上の人たちにもたくさん助けられた。

横尾先生が「もう立ってるの疲れちゃったんだもん、写真撮影終わりにしてよ」などと言ったり、人の話を聞かずにすごい勢いでとんかつなど食べておられると、自分もこうして生きていてもいいんだという気分になる。私もだれかにそう思われたい。

だいたい、あたりさわりのない、大人っぽい、でこぼこしてない、幅が決まっている小説なんて読みたいだろうか？

完璧《かんぺき》に天才で全くブレのない文学作品ならもちろん読みたいけれど、私はそんな柄じゃない。

だからでこぼこしていて幼いけど、謙虚でないのでもないし、大人でないわけでもない。その幼さで常にネタを取りにいっているし、そうでないと食べていけない。

ちなみに海外では「物書きはそういうものだ」とすぐわかってもらえるので、ほんとうにバカを見るような目で見られたのはフランスの一社とアメリカのエリート文学界方面でだけだ。

それが反映されている証拠にフランスとアメリカではあんまり売れない！

相性というものなのでしょう……。

私はとにかく、芸術的に高く評価されるよりも、相性の合う人たちに元気をあげたい。その上で作品が高まっていくのなら、いちばんありがたい。それは後からでいい。

話は戻り、そんな過酷なあれこれも、もしも自分からやると決めてやったことなら、ストレスにならないから倒れないのだということを、五十近くなってほんとうに理解した。

……と言うのは簡単なのだが、家事をしながら育児もしながらトイレットペーパーや卵の補充のこともいつも考えながら、ああ、明日はガス屋さんが機器の取り付けにくるから何時から何時まであけとかなくちゃ、植木屋さんを頼まなくちゃ、旅行の手配もしなくちゃ、おお、そう言ってるうちに明日朝九時には東京駅にいないと、あら、学校のお休み届けも出してない！　っていう感じで座るひまもない。ごはんは二食で、家ではいつもほぼ立ち食いだ。

今は夜のシッターさんがいないので、ライブと映画にほとんど行かなくなったが、その分夜家でやることが増える増える。

……みたいな毎日を送っていると、面倒なことが一個でも減ってくれ、神よ、とにかく休ませて！

となるわけで、楽しく働けるはずがない。

しかしそんなときに逃げ腰にならず、面倒がどうしたっていうんだ！　それくらいなんだ、みたいな感じでいると、厳密な作業やきっちりした経理などは全然できなくなるが、なんとかなるものだ。

これは、あの凄《すさ》まじい忙しさをいやいや乗り越え、何回も過労で入院した恐ろしく苦々しい経験がなかったら、そしてそれでも書くことをやめなかった事実がなければ、とても体得できなかったと思う。

あのときは、いつかだれかが助けてくれると思っていた。

しかし今の私はだれも助けてくれないと知っている。だからがんばれるのだ。

そしてそう思うようになったらいきなり、ぽつりぽつりとだれかが助けてくれるようになった。

助けてくれるというのは、好きですとか助けたいとか力になるとか言いながら実は頼ってくることではない。そういう人たちもみんなかわいい子たちで大好きだけれど、助けになるというのとははっきり違う。

そういうのは単に「なぐさめになる」と呼ばれる状態だ。

まわりの人間関係を見ていると、そこをはきちがえている人たちが多いから、みんないつももめているんだろうなと思う。言葉だけ聞いて期待したり、いいことを言い合って納得したり。

子どもも大きくなって今はやめてしまったけれど、昔、山西くんが「ファンですとか、小説をありがとうとかではなく、具体的に助けになることをして助けたい、なにか用事はないか」と言い出したときは、ほんとうに感動した。

そしてベビーシッターをしてもらったんだけれど、いつだって自分のペースで過ごしたい彼、しかも赤ん坊なんてあまり知らない彼にとって、どんなにたいへんなことだっただろうと思うと、今も頭が下がる思いだ。私が事務のバイトをするのと同じくらい、たいへんなことだったと思う。

そして彼の作品は、自分のためだけに時間をつかわないことやほんとうの子どもと過ごすことできっと一回り深く大きくなったと思う。神様はちゃんと返してくれる。

助けるというのは、かなりの人生経験をつんだ強者《つわもの》が、ひとりの大人として生きている人が、時間と体を使って具体的に助けてくれることだ。

このあいだちょっと困ったことがおきて、親友のひとりであるオアフのちほちゃんにメールで相談したら、速攻で心のこもったアドバイスが返ってきた。

でも、ちほはそのとき、一人暮らしだっていうのに家中にねずみが出て、穴をふさいだりふんまみれになった思い出の食器を泣く泣く捨てたり、友だちを呼んだり、大家さんと交渉したり、とにかくすごくたいへんなときだったのだ。

そんなことをひとことも言わないで、相談に乗ってくれた。あとから、実はあのときねずみがいっぱいでたいへんだった、と教えてくれた。

そんなふうな人たちが、少しずつ出てきた。昔、人のせいにしていたときにはなかった現象だ。

やっぱり人生にはきっちりとそういう鏡の法則があるようだ。


友だちのアイリーンちゃんが台湾でくれた蓮《はす》の芯《しん》のお茶がある。

安眠できて美肌効果も……なんて言われたので、台湾でさっそく夜中にホテルで飲んでみたら、倒れるように寝てしまった。

ああ、昨日はたくさん歩いたし、疲れていたんだね、と朝起きて思ったのだが、そのお茶を飲むたびにすごく眠くなるし、ちょっと濃さを間違えるとまるで熊《くま》になぐられたように寝てしまうのである。

いっしょにもらったのんちゃんとちほちゃんにも同じ現象が確認された。

蓮って……あんなきれいな花を咲かせて、実をおいしく食べることもできて、根っこは煮物に大活躍、葉はごはんを包んで蒸せば最高の香りだしお茶にしてもおいしい。

その上、実の中にある芯にまでそんな力があるなんてなんてスーパーなものなんだろう！

蓮をますます好きになった。

植物が地上に与えている力のすごさを思うと、いつも胸がいっぱいになる。

日本でなかなか買えないんだけれど、台湾ではわりとよく売っているらしく、眠れない人にはおすすめかも。

分けてほしいと言われても、不眠の人に配りまくったからもうないので、なんとかネットなどで入手してみてください。

ただし、車の運転中や昼間に飲むととんでもないことになります！

とても責任はとれません！　のでこの情報は読んだ方それぞれが判断してくださいね。

この夏も、あんなに暑かったのにいろんなところに行って、へとへとになるまで遊んだ。外食もたくさんした。夏は外食の軽食がいちばん楽だ。家で作ったものはすぐ傷《いた》むのでおそろしい。うちには炊飯器がないので、朝炊《た》いたごはんをおひつに入れてうっかり冷蔵庫に入れ忘れていたら夕方あやしくなっていたりする。

夏のお料理はお味噌汁《みそしる》とおひたしだけ。

外食の塩分と油分で疲れ果てた腎臓《じんぞう》のために、今はなるべく家でごはんを作り、スープやお味噌汁には根菜の具をたくさん入れて、ほんわかと胃を休めている。

そして「足もみ力」という本にのっとって、足の裏をひたすら棒で押している。

台湾式の痛い棒マッサージには疑問を持っていたのだが、この本を読んだら懸念《けねん》は消えた。

著者の近澤《ちかざわ》さんという方が写真とともに「これは腰痛の足」「これは乳がんの足」などとなりやすい病気と足の相関関係を説いているのだが、まさに私の足は甲状腺《こうじょうせん》が弱くアレルギーと腰痛と首痛の足だった！

あまりにも自分の足が自分の病気を表現していたので、この一ヶ月、続けてみた。おそろしい吐き気に何回か襲われたのち、じょじょに足の裏がピンクになってきた。明らかに足の裏の相が変わってきたのに驚いた。まだまだ特有の病の傾向は消えていないが、かなりいい色になった。

リフレクソロジーのプロのみゆきちゃんに聞いたら、やっぱり足もみとはそういうものだと言う。足の裏にあるあのプチプチしたものをつぶしているうちに、明らかになにかが改善されるのだと。

もっと続けてみたいと思う。

夏には海外からいっぱい友だちが来る。

なんで私の友だちの多くは海外にいるんだろ、と思う。

みんなでお茶して、歌って、踊って、ご飯食べて、泣いて笑って……そしてまた帰っていってしまう。再会の喜びが大きいほど、別れは切ない。

だから私の夏は今でも子どもの頃の夏休みの思い出みたいに濃縮されている。

いつかみな、体が動かなくなって、それぞれの国でお互いを思うことしかできなくなる。だから会えるあいだにめいっぱい会っておきたい。

子どもの頃、母の親友と母と父が宴会をしているのを見るのが好きだった。いつも忙しくてきりきりしている人たちが、そのときはリラックスして笑顔になって深い話をしていた。

でも今、母の親友は遠くに住んでいるから、年に二回来るのがやっとになった。最後に三人が集ったとき、うちの両親はヨレヨレでぼけぼけで、母の親友は少し年下なのでしゃっきりしていて、それでもみんなあの日々と同じ笑顔をしていた。

胸がきゅんきゅんして、たまらなかった。

私の髪の毛も白くなりつつある。もう老年への準備を体がちょっとずつ始めている。だから、今、なるべく足を運んで会っておこうと思う。

それとは別に、久々にフラについて。

私は今となってはほとんど引退か？　というくらいに習い事としてしか出ていないので、上級者クラスにいるのが実に申し訳ないんだけれど、舞台に出るトップの人たちと日常を共にしていると、わかってくることがある。

それはやはり、生まれながらに人前に出る才能がある人がいる、ということだ。

そうでない私だからこそ単に習い事なんだけれど、人前に出る才能がある人たちといると、舞台のほうが彼女たちを呼んでいるのがわかる。

息をするように、そして私が文章を書くように、人前で踊ることに向いている人がいる。

そしてえてしてそういう人たちは、基本的にいい人たちなのである。

人はわざわざ舞台で不穏に閉じた人を見たくないのである。オープンで美しくて世界にとけこんでいる幸せな人を見たいのである。だから舞台のほうがその人を呼ぶのだ。

その人たちといっしょに過ごしていると、あまりのおおらかさ、謙虚さ、自然な自信、こだわらなさに驚くと共に、美しいが故《ゆえ》にたいへんな目にあってきたエピソードなどもかいまみえ、面白い。

個性でなんちゃってモテをしてきた人（自分か……涙）とか、美人じゃないけどモテる人だとか、そういうちっちゃな規模の話を吹き飛ばすほど「モテて当然で生きてきた美人」は面白い。いくつになっても面白い。

フラって不思議なもので、いつもいっしょに踊っていると、ふだんでも体が寄っていってしまう。巣の中の動物みたいに体が近いのが心地よい。だからこそその人の本質もだんだんわかってくる。わかってくるとますます思う。クセのある人はいても、性根の悪い人というのはほんとうに少ないものだと。ある一定の安心できる枠の中にいたら、そこから出たくないがゆえに人の心は悪くならないのかもしれない。私もフラの人たちに対しては、ほんとうにいい心だけでしか接していない。それは毎週いっしょに踊っているからだ。なにか同じものを共有しているから。

でも、もしもその人たちがやめていって枠のないプライベートな世界であったら、多分そうはいかないだろうなと思う。

これこそが習い事の本質なのかもしれない。

そんな日々のおかげで、私は湘南《しょうなん》の海で夕方漠然とビールを飲んでいると、「髪が長く露出の多い人」がどれだけいても、フラをやっているかやっていないかなんとなくわかるようになってきた。

フラをやっている人は、世界に対して顔や姿勢がひらいている。

きっとどんなダンスもそうなんだと思う。踊りってやっぱり特定のだれかではなくて、天に向けて、神様に向けて発表するものなんだろう。

10月
October

10月

今月のオレはすごかったな〜！

だから、長いのを覚悟して読みはじめてください。

私自身も「神様、いっぺんすぎるよ！　せめて二ヶ月に分散してくれよ……」と思うくらいの濃密な毎日だった。


るなちゃんが死んでしまった。

覚悟はしていたが、急すぎた。

るなちゃんは「Q健康って？」という幻冬舎から出た私の本の中にがんの闘病記を載せてくれた、ものすごい根性のある、人としてほんとうに尊敬できる人だった。

背が高くて、美人で、強く優しくて、あまりにもすばらしい人、いい人すぎた。

だから神様は早く呼んじゃったのかな、と思う。

るなちゃんは生前、そこを書いてくれるなとすごく言ったので一度も書かなかったけれど、もう時効だろうと思うから、彼女のためだけに少しだけ書く。

彼女は最愛のお母さんとお兄さんとすごく仲がよかったし、最後まですばらしい家族関係を見せてくれたけれど、子どもの頃お父さんの関係でほんとうにたいへんなことがあった家だった。そしてその過酷なできごとゆえに、彼女には目に見えないものが見えるという才能もあった。

彼女には死んだ人たちや、人のまわりについている人たちが見える時期があったのだった。

でもるなちゃんはいつも優しかったから、交通事故でぐちゃぐちゃになった人が前からやってくると「どうしてそんなになっちゃったの？」と話しかけていたし、私がアル中の人とつきあっていたときは「彼氏はすごくあなたを愛してるけど、なぜか酒の瓶を持ってる」となにも言ってないのにずばり当てたりしていた。

その力は成長と共に消えていったが別の形で彼女に残った。それはあの闘病記を読んでもらえればわかると思う。

医者や病院に関するすばらしい直感力が常に彼女を救ったのだ。

しかし、あまりにも光が強すぎると、さまざまな闇《やみ》も近づいてくるものだ。

退院して数年はふつうに暮らしていた時期、彼女はやりたい夢が全《すべ》てつまった公《おおやけ》の仕事をしていたのに、あまりにも美人なので警察ざたになるレベルのストーカーがついてしまい、そこを離れざるをえなくなった。ほんとうに悔しい。彼女にストレスを与えたその人の人生にそれはきっと還《かえ》っていくから恨みはしないが、生き生きと働いていた彼女を思うと、とても悔しい。

そんなたいへんなことがいっぱいあったのに、るなちゃんは常に前向きだった。

私は、たいへんなことが、病気が、彼女の輝かしい人生に追いついてしまったことをとても悲しく思う。

でも病気は彼女のすばらしさを、最後までなにひとつ損なうことができなかったのだ。

がんが脳内や骨に転移して、余命が二週間と言われたときからるなちゃんは何年も生きた。

抗がん剤でげえげえ吐きながらも、ごはんをしっかり食べて生き延びた。

「吐きすぎてまるで水芸みたいです！　でも負けません！」とメールをくれたるな

ちゃん。

「頭に穴をあけて抗がん剤入れてるんですけど、その姿、笑えちゃいます。今日も窓から富士山が見えてすごくきれいですよ。写真送ります！」

と病室から夜明けの富士山の写真を送ってくれたるなちゃん。

そんなるなちゃんは、自分がどんな状態にあっても乳がんの友だちがいたら、必ず自分の胸の術後の写真を送って勇気づけていた。今は個人情報の保護のために、術後にどういう傷になるか写真で見せてもらえず、みな不安になるからだ。

るなちゃんはそんな地獄の治療を超えて、またふつうの生活をするようになった。

元気で歩いているるなちゃんに最後に会ったとき、横浜のホテルでエスカレーターに乗りながら、るなちゃんは言った。

「まほさん（私の本名）、淋《さび》しいよ〜！」

とても大きな声で、手をふりながら。

私も淋しかった。

ウィルス感染がいちばん困るからるなちゃんはあまり出歩けない。外から菌を持って行ってはいけないと思い、私もしょっちゅうは会いに行けない。だからほぼ毎日メールをした。

きれいな景色が見たいというので、いろいろな場所で写真を撮って送った。今も、きれいな夕焼けなど見ると「るなちゃんに送ろう」と思って、写真を撮ってしまうくせが抜けない。

うちの庭に毎夏咲く蓮《はす》の写真を送るたびに、「今年もるなちゃんと蓮を見れて、夢みたいだよ。来年もいっしょに見よう。がんばって育てるから」と私は書き、るなちゃんも「その蓮を見て、すごく元気が出たから」とメールアドレスの一部に蓮という文字を入れていたくらい、お花が好きな人だった。

来年の蓮がでっかく咲いたら、私はきっと泣いてしまうと思う。

とてもとても強い人なので、病状が悪くなっても隠すだろうと私は思っていた。いつその日が来るか、こわかった。来ないでほしい、奇跡が起こってほしいと願った。逃げ出したくなったことも何回もあった。

でも、私は逃げなかった。

るなちゃんは私が忙しかったり弱ったりしていると、察知して必ず味方だという励ましのメールを送ってくれた。私こそが支えられていたのだと思う。父が亡《な》くなったときも、すぐにメールをくれた。

この夏、血液検査の数値が悪いと聞いたとき、私は何度目かの覚悟をした。

そのあとメールに「輸血」という単語が入っていたとき、私は父が最後のほう輸血をしていたことを思い出した。自分で血を作れない、ああ、これはかなり悪いんだ、でも、もう一度復活してほしいな、と願った。

しばらくして、メールがとぎれるようになった。

るなちゃんの最後のメールはこうだった。

「いつも、優しいお言葉、ほんとうに、ありがとうございます！　副作用で、ちょっと、辛《つら》いですけど、慣れて来ました。頑張ります!!　まほさんも、お体御自愛くださいませ　　るな」

ほとんど死にかけてるのにこんないつも通りのメールくれるなんて、バカバカ！

そのメールのあと、一週間メールがとぎれ、私はできればその現実から逃げたかったけれど、ああ、これはもう、そういうことなんだな、と思って、るなちゃんのお母さんに電話をした。

「よしもとさん、るな、もう意識がほとんどないんです。携帯を手に取ることもなくなって……病院に行ったけれどもうできることがないからって緩和ケア病棟に入っていて、もう、退院することはない入院をしてるんです」

私はおいおい泣いて、

「よくがんばりました。お母さんもよくがんばりました。どんな姿でもいいから会いに行かせてください」

と言って、病院に飛んでいった。

病院は懐《なつ》かしい伊豆にあった。

毎夏両親と過ごすために通った、沼津ぐるめ街道を通った。

あの頃は、どんなに幸せか知らなかった。夏やすみ、家族と合流するために車に乗って、この道あたりでちょっとお昼ご飯を食べることがどんなにどんなになにものにもかえがたいものか。

ほんとうに時よ戻れ、時よ止まれ、そして全部うそだと言ってくれ、と七尾《ななお》旅人《たびと》のように思った（笑）。

これから修善寺を越えて、山をひとつ越えて、土肥《とい》に行ったら、あの旅館で家族が待っていたらいいのに。いやな夢だったなあ、よかった、夢で！　ってお父さんとお母さんとお姉さんとごはんを食べて、山と海を見ながら散歩して、ビール飲みに行けたらいいのに。私がもう四十八で責任ある大人でなければいいのに。こんな怖いこと受け止められないって逃げられる子どもだったらよかったのに。

そんな悲しい気持ちであの道を通ることがあるなんて、思わなかった。

でも、車の中には、日帰りで沼津まで行くことを全くいとわない優秀すぎるバイトのはっちゃんがいてくれる、今は今なんだ、今のすばらしさがある。私は逃げない、そう思った。

病室に入ったら、るなちゃんは寝ていた。やせ細っていたけれどやっぱり美人だった。

起こさないようにしようと思ったけれど、るなちゃんは起きて私をぼんやり見ていた。

「まほこです、るなちゃん、メールありがとう」

私は言った。

「うそ、まほさん、ほんとうに？　夢みたい」

るなちゃんはしっかりした声で言った。

「寝てていいよ。るなちゃん、ほんとうにずっとありがとうね」

私はるなちゃんの手を握ったり、足をさすったりした。

弱っているるなちゃんはまるでついに大木が倒れたようで、胸がはりさけそうだった。

足はむくんでいるけれど、すっとして色もとてもよくて、とても信じられなかった。こんなきれいな足がもうすぐ死ぬ人の足だなんて。

「寝たらもったいない、まほさんが来てくれてるのに、もったいない」

しきりにそう言っていた。

「るなちゃんは寝込んでいても美人だね」

と言ったら笑ってくれたけれど、

「いっしょに温泉行こうって言ったじゃない、また退院しよう」

には答えてくれなかった。

「寝たらまほさんが帰っちゃう、帰っちゃう」

そう言って、彼女はナースコールをして、車いすに起き上がると言った。

「いいよ、寝ててよ。また来るから」

私は言った。

「まほさん、仕事あるのにこんな遠くまで来て……わかった、喉《のど》が渇きました、だから起きます。ポカリ飲みたい」

そういい張るので、販売機に走って買いに行った。

その間に、看護師さんたちがるなちゃんを起こして、車いすに座らせていた。

「寝てたら体が弱くなっちゃうから」

るなちゃんは言った。

もういいんだ、もうがんばらなくて、そう言いたかったけれど、やっぱり言えなかった。

必死で体を起こしている彼女はよれよれでもまるでエジプトの王族の像みたいに、気高くて美しかった。ポカリを飲んでゲップが出たら、

「空気もいっしょに飲んじゃうんですよね」

と言ったので、

「こんなときまで気を使って！」

と言って私はるなちゃんのももに頭を当ててちょっと泣いた。ももは温かく力強いのに、なんで、もうすぐ死んじゃうんだろう。

「あんまりにも具合が悪かったんで、電話したら即入院になっちゃって」

るなちゃんは、また退院できる人みたいにそう言った。

いっしょに並んで薄い色の青空と伊豆の山を眺めたことを忘れない。

「まほさんって、アッコちゃんみたい」

るなちゃんははっきりと言った。

「どのアッコちゃん？」

私は言った。

「♪アッコちゃん、アッコちゃん、スキスキ♪のアッコちゃん。校長先生が出てくる歌の」

るなちゃんは言った。

そしてふたりはふたりだけで並んで、空を見ていた。しばらくしたらるなちゃん

は、

「寝るが〜！」と勢いよく言った。そして、

「秋田弁出ちゃった！」

と笑った。

それが彼女がなにかを決心した瞬間だった。多分私を帰してくれるために、私と別れる瞬間を受け入れるために。

骨にいっぱいがんがあったので、あちこちがとんでもなく痛かったのだと思う。寝かせるときも、首が痛い、もう限界、と言っていた。

「お薬増やしますね」

看護師さんがモルヒネの量を増やす点滴の装置のダイヤルを回そうとしたら、るなちゃんは「ちょっと待って！」と言った。

「薬は、なるべく増やしたくない」

「じゃあ、あとにしますか？」

看護師さんが言うと、るなちゃんはじっと考えて、

「やっぱりお願いします」

と言った。

私はるなちゃんの手を握り、るなちゃんはぎゅっと握り返した。

私はもう一回来ることを誓って、るなちゃんのおでこにおでこをくっつけて、そっと病室を出た。

その三日後に、るなちゃんは去った。


もっとびっくりしたのは、母がいきなり亡くなったことだ。

死の発表を見たるなちゃんのお母さんから電話があり、びっくりした！　とおっしゃっていた。あまりにびっくりし合っていたので、ふたりとも思わず笑いあってしまった。

「きっと今頃、ふたりで笑ってますよ。なに笑ってんだって」

「そうですね、きっとそうです」

るなちゃんのお母さんと私は言い合った。

あと十年生かしたい、そのための医療費や介護費ならなにがなんでも稼いだる、と思って仕事にエンジンをかけていた。

それでも母がもうあまり長い間この世にいないだろうな、ということはなんとなくわかっていた。認めたくなくて、がむしゃらに働いていたのかもしれない。

夏に姉が留守のとき会いに行ったら、母はすごい汗をかいて脱水症状を起こしていた。水を飲ませて、冷房を強くして、汗を拭《ふ》いて、足を拭いて、体をマッサージした。

「痛い、なんとかして」

母は言った。

母はいつも欲しがる人だった。素直になんでも欲しがる人。決して与えない人。自分の美学だけをしっかりと保ち、なににもゆるがない人。

でもとても素直な人だったから大好きだった。

こんなときに出る言葉も「なんとかして」なんだね、と私は少し哀《かな》しく思った。

何万回もあきらめてきたことだった。ふつうの母親らしい、世話してくれる母の態度というものを。

それでも母と私は嫌い合っていなかったと思う。

だから心をこめて体をさすった。少しでも痛みがなくなるようにと願った。そして感謝の気持ちを伝えた。体が弱いのに産んでくれて、きつい人生なのに明るくいてくれて、ありがたかった、と心の中で思った。

母の体から命の最後の光が出ていこうとしているのが、必死でさすっていたらわかる気がしたのだ。どうしてもそれは止められなかった。

父のときはそうではなかった。父は決して諦《あきら》めなかった。私の力を全部受けとって、一日を生きる力に換えていた。しかし母はもう諦めていたと思うし、納得していたと思う。

翌日から母はしばらく何回も吐いて、入院、点滴をして、家に戻ってきた。

そして一段階活気がなくなり、毎日かけていた私とチビからの電話を取らなくなった。

姉が「なんだか朝見に行ったら死んでいそうなくらい、活気がないんだよね」と言っていたその次の日、母は眠るように亡くなった。

自宅で、ちゃんと前の日に晩ご飯を食べて、お酒も飲んで、朝起きて最愛の姉と会話して、眠ったままで。

もちろんびっくりした。まだびっくりしていて、実感がないくらいだ。去年の今頃、私は四人家族で座って会話しながらごはんを食べていたのだから。私と姉のいちばんつらいことは、今度母になにか症状が出たり転んだりしたら、多分救急車で病院に運ばれ、即刻管でいっぱいになり、亡《な》くなるのを待つあのつらく痛い入院期間に入るだろうということだった。

でも、それはもう、ないんだ……。そう思ったときの、気持ちの軽さ、安らかさ、明るさにびっくりした。

素直すぎていろいろ問題のある人だった。でも、帳尻《ちょうじり》を合わせ、美学を貫き、入院したくないという意志を全《まっと》うした。そう、母は本来そういう人だった。体の弱さが母からいろんなものを奪ったのだ。

お葬式もとても軽くてさわやかだった。

母の遺影はビールを持ってピースサインをしているものだった。みんな微笑《ほほえ》んでくれた。気管切開の傷もなく点滴の青あざもない遺体は今にも起き上がってきそうだった。

私にそしてまわりにとっても偉大だったと呼んでいいと思う、必死に時代を生きた一組の夫婦が去り、ひとつの時代が終わった。

残された私は、自分の人生に戻っていこう。

私本来のしたかったことを少しずつ取り戻しながら、姉とも仲良くありたい。

そしてほんの少しの間しかいっしょにいられない私の夫と子どもをいっそう大切な人生の軸にして、世の中にないようなへんてこな独自の生き方を静かにしていこうと思う。そして独自の生き方をしている他の人に、これまた静かな勇気を与えよう。

健康でいたい。できれば不健康をはねかえしたい。今の私は一年前の私より数段階パワーアップしている。十年は老《ふ》けたが、十年分の気づきを得た。

どんなものが書けるか、なにができるか、自分でも楽しみにしている。

父が亡くなった時期も、そして母がいなくなった時期も、たまたまめったに日本にいない小沢健二くんが東京にいた。

しかも母が亡くなった次の日、他のみんなを交えて飲みに行こうという約束をキャンセルさせてもらった私の家に、小沢くんはかけつけてくれたのだった。うちの子どもの手品を見たり、お茶を飲んだり、たわいない時間だったけれど、みんな気持ちが明るくなった。

少し前に岡崎京子さんのおうちにも行って、いろんな懐《なつ》かしい話をして岡崎さんをにこにこさせていた。岡崎さんとしゃべる小沢くんはちっとも構えてないし逃げてもいなかった。

彼の歌っている美しいことにはひとつも嘘《うそ》はないんだな、と改めて思った。口だけじゃない、彼は天使なんだ。

いるべきときに、勇気を持って、いるべき場所にいる人だ。

私も愛する人にとって、いつでもそうありたい。

そんなときにフラの発表会があって、私は何日も眠れなかったり食べられなかったりしたのでよれよれで出かけていったけれど、みんなの笑顔を見たらほんとうに癒《いや》されてちょっと涙が出てしまった。

毎週いっしょに踊った人たちの笑顔は最高に美しくて、踊りは柔らかく優しくて、信じられないくらい調和していた。

誇らしくてしかたなかった。みんな女神みたいだった。

フラがなかったら決して知り合うことのなかった自慢の友人たち。

寝不足でもう帰らなくちゃと思っていたのに、踊りを見たら元気がわいてきて、数人の仲間を待ってごはんを食べた。少しも疲れなかった。みんなの顔が見たかった。なんてきれいな人たちだろう、と思った。

踊りや歌を人に見せるということは、きつく地味な練習の時間をのりこえて得たものや自信を凝縮した瞬間の奇跡を見せて、人に力をあげることなんだ。

小説を書くことと全然変わらない。

私は言葉を武器に、彼女たちは踊りを武器に、世界を平和に変えていく。そう思った。

あ、私も一応は踊るんですけどね……！　レベルがね！　低いながらも、踊りもがんばります。

一ヶ月の間に大事な人がふたり亡くなるなんて、やっぱりまだびっくりしていて、とても頭の整理はできない。三月に亡くなった父に関してだって悲しみは生々しいのに。

母もまだまだがんばってほしかったし、るなちゃんは若かったからどうしても悔しく思ってしまう。みんな体がきつくてあんなにがんばったのがやっと楽になったんだから、もう少ししたら「よかったね、みんないい場所にいったね」と思えるようになりそうだ。

仕事も普通にバリバリして、子どもを起こして、お弁当を作って、忙しく毎日は過ぎていく。

朝起きると毎日思う。

「あ、お母さんいないんだ、るなちゃんもいないんだ。そういえばお父さんもいないんだった！　びっくりする〜！」

だから心の整理をしないままでいようと思う。しない権利があるように思う。しないままで、このびっくりが体と心にちゃんとしみてきて、私の力になる日を待とう。

こんなとき必ず来るはずのるなちゃんからのメールが来ない。

「まほさん、お母さまが亡くなるなんて、どんなにつらいことでしょう。私がついてますからね！　がんばれ！」

絶対そう書いてあるはず。

何回携帯を見ても来るはずのメールが来ないのは、不思議だ。

でも心の中にメールは届いている。私もいつも書いている。いつも通り、きれいな景色や花を見るたびに。

鏡を見ると、私の中にるなちゃんがいる。両親もこの血の中にいる。私はみんなの力をもらって生き延びている。

心が　愛を　追うのだから
私に　何が　出来るでしょう?
叶《かな》う事も　ない　この愛に
私の　心は　とても　痛いのです

一日が　過ぎ　夜が　来れば
私は　ひたすら　あなたを　想《おも》うばかりで
情けなくて　バカみたいな私を
どうすれば　いいのでしょう?

私の　痛みが　鈍ってしまう日が
いつか　私に　来る事は　あるのでしょうか?
情けなくて　バカみたいな私を
どうしろと　言うのでしょう?

月の光が　とても　キレイだから
このまま　行く事が　出来ません
あなたの　そばで　少し　横になっています
少しだけ　ほんの　少しだけ
（イ・ソニ　『ヨウビ』　より　和訳はまやちゃんのを借りました）

もう半端《はんぱ》なことはできないな、そう思う。

毎日が決断と冒険、試されている日々だ。たとえ弱っていても日々の旅は続く。だから弱っていられない。実際、弱っていない。

母が亡くなる前に、母を幸せな状態で寝かせてなるべく入院させないで見送るためにどんだけお金がいるんだろう？　とお金にうとい私は怖くなって、丸尾孝俊さんのメルマガの兄バイス（アニキのアドバイス　笑）コーナーに投稿したら、なんと採用されてしまった！

動画の中のアニキが言った。

「この人は、十二分に稼げる人やな」

その言葉が胸にどしんと入って、私は突然大丈夫になった。

ウィリアムもそうだし、桜井会長もそうだし、ゲッツ板谷《いたや》さんもそうだ。

体をはって現世を生きてきた人は、いつだって強くて優しくて勘が冴《さ》えている。

その言葉にうそはない。そういう人たちが好きだ。簡単に分類するとやっぱやくざかサイキックなんだけど……！

このあいだ会長とごはんを食べてて、どうしても私がごちそうしたかったのでさらっとさいふをレジに出したんだけれど、魔法のように会長に負けてしまった。なんの力も加えられていないのに、いつのまにか私はさいふをかばんに入れられていて、会長がお金を払っているのである。……これは……さすが雀鬼《じゃんき》だ！

あんなかっこいい、どこにも力が入ってないのにものすごいおじいちゃんみたいな、おばあちゃんにいつかなれるかな。

アニキみたいに楽しいことをとことんやれるだろうか。

ゲッツさんみたいに命をかけて飛んで来てくれる友だちが増えるかな。

ウィリアムみたいに体が不自由になっても、人に甘えないで真実を告げられる人になれるだろうか。

そんなことを夢見ながら、ああだこうだ言ってないで、生きてるかぎり行動して、すっごく楽しんで、まっすぐに天国に行ける生き方をしよう。

るなちゃんは、いつだってとてもむりをする人だった。

あまりにも優しくて、正義感が強くて、お人好《よ》しで、人のことばっかり考えて、自分を後回しにして。

でも、私は「そんなふうだから、病気になっちゃうんだよ。もっと自分本位に生きて、人のことは見て見ぬふりをして、ムダなエネルギーを使わないで、健康で長生きしたほうが周りの愛する人のためだよ」

なんて絶対言わない。

昔の私だったら、そう言ったかもしれない。

でももう、口が裂けても言わない。もっと思い切り楽しんで！　楽しいこともっとして！　くらいは言うかもしれないが。

私が見ていた期間、るなちゃんの前を通っていった、そういうことばっかり言ってる実に中途半端な今ももちろん生きてるずる賢い人物たちよりも、るなちゃんのお母さんやるなちゃんのハンパない損でムダな生き方のほうがずっと好きだ。

「もしもそんな生き方しなくちゃいけないなら、早く死んでもいい。そんなにしてまで生きていたい卑《いや》しさよりも、燃えて生きて丸損なほうがいい。だからもっと楽しんでいこう。そのほうが天国でうまい酒飲めるだろう」

るなちゃんの生き方と死に方を見ていたら、心からそう言えるように私は変わった。

るなちゃん、ありがとう。

お母さん、産んでくれてありがとう。

愛してます。いったん、さようなら。

11月
November

11月

今年のつらい時期、毎日のようにジョジョシリーズを読んではげまされていたから、ジョジョ展の記念パーティで荒木飛呂彦先生にお目にかかったことはすごいはげみになった。

あの八方ふさがり感&希望がないのに戦う人々の勇気は私にとてつもない勇気をくれたのだ。

自分はインフルエンザ、父のつらい入院と死、姉は病気からよれよれで生還、母の死、親友の死、そのことを乗り越えてくるあいだずっと、ああいう思想のまんががあったおかげさまで「一切希望がなくても歩くんだ」と私は思ってこられた。

あんなすごいまんがをずっとひとりこつこつと描いていらしたことが、原画の全《すべ》てから切に伝わってきて、ジョジョ展は圧倒的な迫力を持っていた。

それでもご本人はあくまで謙虚で優しく、思った通りのすてきな人だったのがいちばん嬉《うれ》しかった。

　幸せな気持ちでほんわかしていたら、なんとうちの子どもは安孫子素雄《あびこもとお》先生に、夫はちばてつや先生に、それぞれ勝手にお願いしていつのまにかツーショット写真を撮っていた……！　さすが一人っ子たち、自由だ！

　韓国の明洞《ミョンドン》にある混み混みのロッテデパートで友だちが化粧品を買っているのをなんとはなしにうろうろしながら待っていたら、うちの子どもがトランプを切り損ねて床にたくさんばらまいた。混んでいるデパートの狭い通路に、思い切りやってくれちゃった。

「だからこんな場所でトランプ切るんじゃないって言ったのに！」

とふだんだったら思うし、そのときももちろんそう思った。

　そのとき、私は別の友だちにつきあってちょっと席をはずしていて、戻ってきたらいきなりその状況だったのだった。

もちろん「人に迷惑をかける場所でトランプを出すんじゃありません！」と叱《しか》り、「自分で拾いなさい！」と言った。そうするべきなのはあたりまえだとも思っている。

でも、そんなてんやわんやの中、化粧品売り場のものすごくきれいなお姉さんがすっとしゃがんでいっしょにトランプを拾ってくれて、ありがとうと言って笑顔を交わしたとき、その場の空気が動いたのを感じた。

思わぬときに思わぬことが起きて、その意外さで空気が動いて、人と心がふと触れ合ったような感覚。

友だちたちも怒りながらいっしょに拾ってくれて、みんなの流れも変わり、ふっと空間に隙間《すきま》ができた感じ。

そのことをずっと考えていて、次の日みんなできれいな紅葉の道を歩きながら悟った。

きっと、恋って、ああいう瞬間に訪れるんだ。意外で、隙間があって、気を抜いたときに。

だから、集団行動をしていたら恋は生まれにくいし、女の子に好かれる女の子はなにかときっちりつめて考えるから、恋愛に不器用になるんだ。

マイペースで、空気を読めなくて、きちんとしていなくて、隙だらけ……善し悪しはともかくそんな人が異性にモテるのは当然だ。神様がその隙間に魔法をかけるのはあたりまえだ。だれもが、余裕が、隙間が、和むのが、意外なすてきなことが、好きなんだから。

この世は全て因果応報である。それは確かなことなのに、なぜか「これをこうしたからこうしてください」が一切通じないのも確かだと思う。

その、インプットとアウトプットがどうしても計算できず、なにがどう出てくるかわからないところこそが人生の妙であり、それがシンプルに見える（願いがすんなり叶《かな》うように見える）人は、頭の中も矛盾なく、宇宙との関係が透明&通路が太く通っているだけなのだ。しかし人はその境地までに至っていると「これが欲しい」「あれが叶った」といちいち思わなくなるので、結局同じことなのだと思う。

「私はきちんとしているし、いい人だし、義理も人情も通すし、小ぎれいにしているし、がんばっています。こんなにもがんばっているのです。だから、いい人にめぐりあわせてください」……と昔、私ももちろん思っていた。

しかし自分を観察してみると、恋とはいつも、上下違うパジャマを着ていたり、ひどく転んだり、ギブスして松葉杖《まつばづえ》をついていたり、道に迷ったり、寝込んだり、ぼさぼさの髪で突っかけをはいて飲みに行ったり……そんなときにしかやってこなかった。

そのことにもっと早く気づいたらよかったのかな、とも思うけれど、私の場合はすべき人と結婚できたし、結果オーライだからまあいいとしよう。

それでも昔から、そしてそのとき韓国で、私はなんとなく思った。

その隙間を愛《め》でることこそが人生の美なんじゃないかな、と。

きれいな空、町中が紅葉でいっぱいの時期の美しい韓国で、二年前までほとんど知らなかった友だちたちと私は歩いていた。不思議な気持ちだった。

もしもなにもかも予想したり、決めたり、自分が有名人だからと慎重に友人を選んだり、フラのときもそう思って線をひいてつんけんしていたら、決してそんな時間はやってこなかっただろう。そのときに好きだと思う人と精一杯過ごしてきたら、この人たちとともに過ごすという結果がついてきた。

悲しいことじゃない意外なことって、いちばんすばらしい。人生の贈り物だと思うのだ。いや、きっと悲しい意外なことだって、ほんとうのほんとうは贈り物なのだろう。死んだ後、きっとそれに私も気づくだろう。

フラの先輩にJさんというすてきな人がいる。

美人で、ちょっとこわそうで、リーダーシップがあって、踊りもうまくて、舞台ばえして、心意気があって、優しくて……昔、舞台の下から私は彼女に憧《あこが》れていたものだ。

そんなJさんと、わけあって同じクラスになってしまったとき、私は超ビビった。この実力で同じ部屋にいていいわけがない、そう思ったのだ。

そう言ったら仲良しののんちゃんだって似たようなものなんだけれど、のんちゃんは同じクラスが長かったのでまだ「この人ってすごい先輩なんだよな」といちいち思わなくてすんだ。

Jさんは私の踊りがあまりにもてきとうなので最初びっくりしたと思う。

それでも優しく話しかけてくれたり、笑顔を見せてくれたりした。

あるとき、私が必死でついていこうとむつかしい踊りを彼女の真横で踊っていたら、Jさんが言った。

「ばななちゃん、アロハの手の持っていき方が少し速すぎる。後はできてる」

はいっと返事をしながら、私はものすごく感動していた。

私は年もいってるし、腰も悪くて左半分は右よりも回らないし、その上よく休むし、覚えも悪いと来たもんだ、ということで、とにかくみそっかすでなんとか混ぜてもらってるのに、そんなことじゃなくって、普通にJさんがちゃんと見ていてくれたんだ、と思った。

それまでの私は、なんとか逃げたり、笑ってごまかしたり、たとえできるようになりたいときでもあえてやらなかったりしていたと思う（かといって今うまくなったわけではないっつーのがくやしいけど）。

どうしてかというと、女性の集団というのは、それはそれはむつかしいものだからだ。

今同じクラスのトップダンサーたちはさすがに肝が座っているし、一回踊りを見たらもう再現できるくらいの実力を持っているので、とても人に優しい。

しかし、その一つ前のクラスにいたときは、決して目だってはいけない、そういう雰囲気があった。

ただでさえ職業的に目だつ私は「下手なので許して、ふざけてるからだめだと思っといて」作戦でなんとかそこにいられた気がする。

今度のクラスは、もっと上級で、そしてJさんがいて……このように下手でもとにかくいっしょに踊りたいと思うことをみなが理解してくれた。

あの瞬間、Jさんが正しいアドバイスを後輩の私に対して分け隔てなくしてくれたときに、私の中のなにかが変わった。私はごまかしたり、にやにやしたり、後ろに下がろうとしたりするのをやめることができた。ほんとうはもうクラスが変わっているのでしなくてよかったことなんだけれど、いつやめていいのかわからなかったのだ。

人を変えるひとことを言う勇気を持っている人はほんとうに美しい人だと思う。

今年は私にとってもJさんにとっても、教えてくれているカプア先生にとっても、大切な人を亡《な》くしたとても悲しい年だった。それでも、この経験をしたのが自分だけじゃないということが、心を強くする。人間なんてそういうものだと思う。

みんなが、仲良く踊りながら、いつかこの波を超えていけることを切に願う。


お父さんと違って、お母さんというものがいなくなったショックは遺伝子的な感じというか、内側からじわじわっとボディーブローで来るなあ、と思う。

体にどうにも力が入らなくって、まだまだクラゲみたいな毎日を送っている。

ある夕方、昼寝（?）していたら、母が私の家の中にいる夢を見た。もうほとんど歩けなくなってからここに越したので、母はうちに来たことがなかった。

「あんた、こういうところに住んでたのね、ふうん」

と母が言った。まだボケてないし歩けていて、意地悪さがある頃の元気な姿だった。

私は泣いて泣いて、大泣きして、母に抱きつく。

「変な子ね、なに泣いてんの」

と母は言った。これも照れたときの母の特徴的な態度だった。

そして真っ白い光がいっぱいの階段の上に上がっていってしまった。母が光の中に消えていき、どんどん見えなくなってしまう。

私はまだまだ泣いて泣いて呼び止めた。

そうしたら、母が階段の上から、

「またね！」

と言った。その言い方は、母が人をほんとうに思うときの少しかすれたいっしょうけんめいの発声だった。

起きたとき、私はまだ泣いていて、そして今のはきっとほんとうのことだ、お母さんは今日上に上がっていったんだ、と思った。お別れに来てくれて嬉しかった。

急に死んじゃって、その前に会えなかったから。

母は、自分勝手でわがままで子どもみたいで、気が良くてさっぱりしていて粋《いき》な人だった。

悪いところも正直に思い切り出し、人に気をつかわず、ありのままに生きて、なにも残さなかった。恨みも弱みも悔いもなにも。

父は違った。父はいろんな人にいろいろななんとも言えないとっかかりをひっかけて去っていった。私の中に潜んでいた、この世の理不尽なことに対する全ての怒りが表に出て来て、怒りで寝られないほどの日々を過ごした。

生きるってなんだろう、人のためになることをするって、どういうことなんだろう。それが報われるとはどういうことなんだろう。

父が亡くなる前に何回か「だいたいわかった」と言っていたのはどういうことなのだろう。

ここには大きく深いテーマが隠されている気がして、私にとって大きな課題になった。これからの人生で、解明していきたい。

謎を解いていきたい。答えを求めるのではなく、人生の謎を掘り下げたい。

それにしても、このきつい経験をしているから、おばちゃんたちやおじちゃんたちはみんな年下の人に優しくできるんだなあ、と心から思う。

「あんたたちもいつかこの気持ちを知るんだよ、それまでせいぜい楽しくやりな」では決してないのだ。

「若いときに若い悩みを精一杯悩んでいると、きっと親が死んだときに乗り越えられるよ、だから応援するよ」という気持ちがいきなり強くなった。

若い人を若いというだけで応援したいような、大きな優しさが私の中に生まれた。

人が年をとるって、淋しく悲しいばかりじゃない、すばらしいことだと思う。


単なる韓流好きの主婦のブログにかなり似ている内容だが……。

去年の夏「僕の彼女は九尾狐《クミホ》」というドラマにはまり、はじめは主役の女優さんシン・ミナちゃんのファンだったのだが、その流れで男側の主役のイ・スンギさんを見ていたら、なんとも言えない気持ちになった。

「あれ？　この人知ってる、絶対知ってる」という気持ちだった。

多くの人が親しみある雰囲気の彼を見てそう思うけれど、あるいは国民的に有名な人……たとえばさんまさんなどを見て、そんなふうに感じると思うけれど、もっともっと、気持ち悪い感情だった。たまにこういうことがある。夫に会う前に彼を雑誌の写真で見たとき、生まれてきた子どもをはじめに見たとき。

それから、幼い頃ダリオ・アルジェントの映画を観《み》たときに「この監督は自分の一部だ」と思い、後にやはり彼ともお嬢さんともつながり、目に見えないコラボレーションをいっぱいするようになったとき。

そんなときにちょっと似ていた。

恋でもない、運命の人でもない、とにかく単に知ってる人だったのだ。私の場合、何の感情もなく「あ、知ってる人だ」と思った人には必ず会うことになる。

知っているから、応援しなくてはいけない人。

この人が今日もがんばっているなら、私もやらなくてはいけない、そういう人。

自分の人生のパズルの、大きなピースのひとつ。

それから、彼は私の生活の一部になった。

父が死んでいくときも、毎日彼の姿を見て救われていた。

新潟に旅行に行ったときも「華麗なる遺産」を持って行って宿で家族で一本観て、帰りに父の病院に行ったりしたくらいだ。なんて懐《なつ》かしく愛《いと》おしい時間だろう。

父が亡くなった知らせを聞いたときも、部屋には彼の歌が流れていた。

母が亡くなったときもそうだった。彼の歌はいつも私のそばにあった。

彼の演技や歌やたたずまい……つまりその才能には、なにか大きな知性や人を癒《いや》すものがある。人間はこういうときにこういう反応をしてほしい、という願いを満たす本質的なものがあるように思う。だから、私たちは家族三人でいっしょに彼のファンになった。みんなで彼の番組を観たり、ドラマを観て、共通の話題ができて行きたい場所も共有できた。友だちがこぞって彼のグッズをくれたり、この話題を通じて新しい友だちもたくさんできた。彼の才能は私たちにとって希望であり、この時期とても少ない楽しいことのひとつだった。

そんな時間をくれたスンギさんに心からの感謝を捧《ささ》げる。

私の韓国での出版社の人たちはそれを聞いてとても喜び、チケットの手配などしてくれると同時にずいぶんスンギさんの事務所にいろいろ言ってくれちゃったらしく、今回韓国に行くにあたって「面会はむりですから」と前もって事務所から釘《くぎ》をさされたくらいだ。

私は彼に会ったり握手したり写真を撮ったりしたいわけではなくって、いつか彼と大きな仕事をしたいなと思っているだけだったので、全然いいですよ〜！　と思っていた。

しかも、旅立ちの前日の夜中に、私はウィルスにやられたらしく、立てないほど熱が出て、吐いて、下痢して、一時は韓国行きを断念したほどだった。

ほんとうに這《は》うようにして空港に行き、飛行機の中で何回もトイレに行き、ホテルについたら倒れ、朝から水しか飲んでいないが水を飲んでも吐くという状態で……私はなんとかライブに行き、

「う〜む、どんなに好きな人のライブでもさすがにきつい」

と思いながら帰って、ひたすらに寝た。

翌日少し回復し、ライブ二日目に行く直前に、

「スンギさんが面会を望んでいる、十分くらいしかないが、終わったら楽屋に来てほしい」

と言われた。あまりにも急だったので、手ぶらで行くのもなんだしと自分の本を買いに行って、ボールペンでサインして、それを渡すしかできなかったほど。

少し回復した私にとって二日目のライブはとにかくすばらしく、今年一年、彼の音楽と過ごしてほんとうによかったなあ、と私は思った。

しかし出版社から派遣された通訳の人がほんと〜にものすごい抜け作で、日本語どころか韓国語もあやしい存在だった。悪気はなさそうだったけれど、とんでもな

い人だった。

私は、スンギさんのブログを書いていつも快く情報をシェアしてくれるまやちゃんに「もうしわけないが、ひとりなら楽屋まで連れて行ける。まやちゃんについてきてもらって、他のお友達に店に先に行ってもらえないか？」と無理を言ってついてきてもらったのだが、それが幸いした。まやちゃんは韓国語がしゃべれるのだった。

かくして、さんざんなことがいろいろあったあとで、まやちゃんに訳してもらって、ほんの一瞬だがスンギさんに会うことができた。

私の感想は「やっぱりこの人、知ってる人だ」というものだった。

もちろんかっこよくてすてきだったし、今韓国でいちばんホットな芸能人なのでセキュリティもかたく、頭は超小さく、背は超高く……でも、やっぱり思った。

「この人とはいつか、日韓の平和のために、力を合わせるだろう」

ダリオ・アルジェントとつながり、娘さんとつながったように。表には見えにくいけれど、それぞれがそれぞれの現場で人を救うとき、それぞれを励みにするために。

それは自分でどうこうできない、縁であり、運命なのだ。

もし私がたとえグンソクを超愛していても、ねじまげて持ってくることはできないのだ。ダリオ・アルジェントをスピルバーグと取り替えたい！　そのほうが予算や得なことが多そう！　とたとえ思ったとしても（笑）、できないものなのだ。

みんなで握手したり、写真を撮ったりもしたけれど、それは達成ではない。自然にしているだけで、いつかなにかがつながる。ここは第一歩だ、そう思った。

……で、実はここからが本題です。

まやちゃんのお友達の韓国のお嬢さんふたりと、関西から来たお嬢さんは、お店で待っていてくれただけではなく、私とまやちゃんに、

「スンギさんに会っていたことは、知ってます。でも、私たちがついていったら困るだろうなと思ってました。だから気にしないで、それよりも話を聞かせて」

と笑顔で言ってくれた。

それは、同じファンとして、ねたましかったり、くやしかったりして、なかなかできることではないと思うのだ。

心の中で無理して、えいっと切り替えてくれたんだと思うのだ。

なんてすてきなことだろう、と私は思った。感動したとしか言いようがない。

みんなでごはんを食べて（しかもこっそりとお支払までしてくださっていた。私がおごるって言ってたのに！）、笑って、昔からの知り合いみたいに過ごすあいだ、私の心はとても温かかった。

同じ人のファンであるというだけで、みんなが元々の知り合いみたいな感じ。もしも私のファンの人たちが出会ったとき、こんなふうに温かい時間を過ごしてくれていたらと思うと幸せになる。そんな場を創《つく》るために、私はいっしょうけんめいに書いているんだなと思う。


おなかがピーピーで、吐き気もゲロゲロであったあいだ、転んでもただでは起きない私は、あることに気づいた。

「私は今、水と野菜と豆とみそ汁しか受けつけない！」

酒も飲めなきゃ、肉も食えない。コーヒーもお茶もだめ。胃液が何回も逆流したので消化管が荒れてるらしく、何が通っても不快感があり、しょうがない状態だった。一日で二キロ痩《や》せた。

「脅威のノロウィルスダイエット」という本を出そうかしら……。

しかしそんな私でも、水と野菜と豆とみそ汁を食べると、正しく栄養が補給されるのだ。

これでは、まるでヴェジタリアンではないか！

つまり、人は野菜と豆とみそ汁（あまり具のないスープ的なもの）以外のものを食べたり飲んだりして消化するのに、そうとうなエネルギーを消費するのだと身をもって知った。

牛丼《ぎゅうどん》とかビールとか餃子《ぎょうざ》とか焼き肉とか、なんでもいいけど強烈なもの、それらはよほど鈍いか、よほど元気でないと食べられないのだ。

私はそこで「よし、それなら消化などにエネルギーを取られず、体にいいものだけ食べよう」という方向には決して行かないタイプだし、もしそう思う人はそうしたらいいと心から思うのだが、とにかくヴェジタリアンというものは「最低限の摂取で最高の効率で栄養を取る」という実に現代的かつ合理的な考え方なのだなあ……と感心してしまった。少なくとも原始時代にはなかなかやれないことだっただろう。文明的な生活の中でしか成り立たない考え方なのだ。

どうしてそこで行かないのか？　というと、もちろん私のこのすごい食欲や人類がつちかってきた食文化へのリスペクトがいちばん大きな理由なのだが、なによりも私は「なにかのためになにかをする」という引き換え的な感じがあまり好きでないのだ。

これぱっかりは好みだからしかたない。

先ほども書いたが、インプットとアウトプットの妙こそが、知りたいことなので、しかたないのだ。

そして好みはだれのどんなものであっても、ある程度優先されるべきと思っている。

それがなくなったら人類はバリエーションを失って滅亡してしまう。

人はみんな同じ、源はひとつだ。そこまでは確信している。じゃあなんで個々があるのか？　その存在の意味は、それぞれの好みだけが違うことを表現するため、それでも互いに認め合うことを学ぶためだ、そう思っている。

その好みが殺人とか戦争とか人を傷つけるものであれば、もちろんそれは人類を巨大なひとつの体だと見た場合にはがん細胞みたいなものだから、失《な》くしていく方向に動くべきだと思う。

個人の好みに戻ると、「健康のために」「動物が好きだから」「このところゾンビを見すぎたから」そのどれもが私が持っている、ヴェジタリアンになれるしっかりした理由だけれど（笑）、私がもし肉を食べなくなったら、それは体が弱い私の場合は「これを差し出す代わりに健康をください」という気持ちに違いないからだ。

私はその私になりたくない、そのようになにかとなにかを引き換える計算をして行動したくない、それは私の好みではない、ただそれだけなのだった。

寄り道好き、隙間《すきま》が見たい、複雑さを見たい心、生きる本能……なんと呼んでもかまわないなにかが、私を今回もヴェジタリアン界に行くことを阻《はば》んだのであった。

そうは言っても、外食は自由にしているが腹八分目を心がけ、家では放射能測定検査済みの野菜を食べ、白米は食べないし、肉も週二くらいしか食べず、健康には気をつけているほうだとは思う。そしてその心がけが確実に自分の体調に影響しているのも感じている。それでも、そんな私でも、食べ物のことが必要以上に気になるときは、体調や精神状態にとっては黄信号なのを知っている。なんでもあまり考えずに楽しく食べられるときが、私にとって健康なときだ。

自分のことを自分で知るのが、いちばんだいじなんだなと思う。


国東《くにさき》半島の飴屋《あめや》法水《のりみず》さんのツアーに参加した。

大好きなｚＡｋさんや朝吹真理子さんも参加していたので、絶対よいものだと信じていたし、自分のルーツが九州なのですごく行きたかった。

なにが起きたかを詳しく書くことはしないけれど、期待を裏切られることは全くなく、後になればなるほどそのすごさすばらしさがわかってくる。

国東の自然の中で、それぞれがそれぞれの才能を存分に発揮しているさまは、その作風が決して明るくなくても、それだけでとにかく明るい気持ちになるものだった。

おどろおどろしく、禍々《まがまが》しく、悲しく、朽ち果てたもの……その中にある命の痕《こん》跡《せき》を飴屋さんは常に体をはって表現する。それをどうするというのではなく、ただ眺め、共に存在するのだ。底の底で、いっしょに横たわるのだ。

子どもたちの未来を創る、なんていうととても明るく正しい感じがするけれど、彼のしている清濁併せ呑《の》むようなことこそがそういうことなんだなと思う。

ふだん彼はその性格のとてつもない優しさをあまり表現しない。その優しさはおそろしく残酷な冷静さと表裏一体で、どちらも深すぎて語り尽くせないほどのものだし、それが彼の才能なのだから、しかたない。

しかし今回の彼は、その優しさや和やかさのほうを、いっそう遠慮なく表現しているように思えた。

自然が相手だったからだな、と思う。

そして彼の娘さんは、彼の世界を表現することを手伝うためにあのご夫婦の間に生まれてきたんだな、と思った。その才能はすでに花開いていた。彼女がいるだけでそこは舞台になる。その身体能力は父親に匹敵しているし、そのまっすぐな愛くるしさと強さ、センスの良さは母親ゆずり。

ああ、変わらないものってすばらしい。そして続いていくものってすばらしい。すばらしいけれど、あたりまえのことで、そこに意味はあるようでない。

ただただ、そんな気持ちになった。

飴屋さん、みなさん、ありがとう。

別府に子どものとき以来久しぶりに行ったのだけれど、ある意味すごくさびれていて、ある意味ではまだまだ活気があった。昭和のままの町並み、当時の繁華街の痕跡。

九州の人は、銭湯で意地悪などしあっていてもどこかほんわかしているなあと思う。

そんなのを見て、なんていいところだろうと思った。懐《なつ》かしかった。

餃子も食べたし、ファンの人たちにも偶然会って話せたし、夜道をのんびり歩いたし、名店チョロ松のかも吸もちょっとだけ食べて、九州の夜を満喫して、町中に散らばるアート作品も見た。

しかし、あまりにも本気な飴屋さんの作品を見てしまったあとでは、あとのアートプロジェクトが遊びに見えてしまった。そこには自己の掘り下げとか厳しい意味での世界への愛とかが圧倒的に欠けていた。そうか、私があまりいろんなアートを見に行かないのは、欠けているものを見たくないからなんだな、と納得した。

だれもが遊びや軽い掘り下げをくり返してだんだん深くなっていくものだから、ちっとも否定的な気持ちではない。みんながんばればいいと思うし、それぞれの良さがあると思う。

ただ、私の心はそれではなかなか動かないなあ、と正直に素直に思うだけだ。

飴屋さんの作品は私の心を根底からゆさぶる。

ゆさぶられたいから、見に行くのだ。

それがあたりまえのことなんだと教えてくれた飴屋さんを希有《けう》な存在だと思う。

12月
December

12月

去年ウィリアムに会ったら「来年はものすごい年になる。考えられないようないろんなことがある一年になるけど、全部を個別にポジティブに乗り越えられたら、かなり健康になると思うからがんばって」みたいなことを言われて、いったいなにが起きるのかドキドキしていたのだが、ドキドキを超えてもうどうでもよくなっちゃったというレベルまでいろんなことがあった！　ポジティブだったかどうかはわからないけれど、やけくそではあった。

来年もいろいろあるだろうと思うし、それに私は不幸なわけじゃない。もちろん人生面白おかしくない面倒なことでいっぱいだが、それでも精一杯幸せであろうとして生きている。

体が動いてごはんも食べられるだけですごく幸せだと思う。

いっぺんでもそれができなくなった経験がある人は、それから私みたいにむちゃくちゃ体が弱い人は、そのありがたみがしみているので、たいていのとき幸せでいられる。

それに、親が死ぬことはこの世のだれにでもやってくる。

亡《な》くなった大好きなるなちゃんだって、別に不幸に死んだわけじゃない。もちろん若く亡くなったのはとても残念だけれど、長生きすりゃいいっていうものでもない。るなちゃんの人生はだれに恥じることもない輝かしいものだった。

たしかに愛する人に会えなくなるのはつらい。直接愛の言葉をかけてもらえなくなるのは淋《さび》しい。でもだからこそ、生きてる人どうしはだれかを亡くしたことを話したり書いたり、ただそばにいたりして、同じ経験をした友だちとも見知らぬ人ともその体験を共有したりできる。

それから、もう長くないとわかっている人と過ごした経験は、全《すべ》ての人に対して人を優しくする。

大人になるってそういうことだ。

生まれてくる子たちも満載、死んだ人も累々《るいるい》。だから深まっていくし、自分の容量もおのずと増えていく。智慧《ちえ》が増していく。

この新しい体験の中で私がまだびっくりしているのは「両親の家」がたった数ヶ月以内のうちに「姉の家」になったことだ。

遺品がたくさんあり、インテリアもあまり変わっていないのに、私が高校と大学時代を過ごした家は、今はもう姉による姉のための生活が営まれ周辺も姉の友だちで構成されている姉だけの家で、姉に会いに行くための家。

今の私はそのことを普通に受け入れている。

それがいちばん不思議だった。

人間の慣れることができる巨大なキャパシティを考えるとこの世に限界はない、とますます思える。

ここはとても肝心。

今の生活の中でやっていることを自分が慣れて受け入れているだけなのか、好きでやっているのかの見極めはどんなにわかっている人にもかなりむつかしいということだ。

慣れているから受け入れてしまっていることの中に、人生を変える秘密が潜んでいる。

あくまで、もし変えたければだけれど。

満員電車、いやいや出る会議、ローンで買う家、いつもの飲み会、汚い部屋、スナック菓子、夜更《ふ》かし、飲酒、喫煙、肉食、ジムでの運動、友だちとばくぜんとおしゃべり、だらっとTVを見る、ライブに行く、踊る、バックパックを背負って旅に出る、最高のレストランで食事……もしかしたらそんなことかもしれない。

それが楽しいに違いないという状況に慣れているから楽しいと思っていることがそうとう多い気がする。

それは、自分が楽しいと思うことを全く楽しくないと思う他人がいると、ますますはっきりしてくる。

でも、それに全部気づくと収拾がつかなくなり、空き時間がいきなり不安になるのも人類だから、バランスがむつかしいのだ。

その人固有の「最高に楽しい、すごくリラックスしてる、このために生きてるのかも」と思っていることは、だれしも、囚人がお風呂《ふろ》や食事やTVを生きがいにして一日一日を生きている……そのことと、あんまり変わらないのかもしれない。慣れているからその中で楽しいと思っていること。いやいや、自分は違う、犯罪をおかして自由を奪われている人たちといっしょにしないでくれ、と心から言える人はほんとうにいるのだろうか？　自分の人生を枠の外から見るきっかけは臨死くらいでないとなかなか訪れないけれど、一度見てしまうと、からくりがわかってびっくりすることが多い。

私の母は、持病のぜんそくの発作が起きないようにと常にものすごくそうじをしていて、旅館に行くたびに部屋を全部そうじして床も拭《ふ》いてダニアースをばらまかないといられなかったし、荷造りもきちんとしないなら出かけないというくらいにていねいにやっていた。まあ、それに家族を巻き込まなかったら別にいいんだけど、必ず家族を巻き込むのが問題で、全員が苦行と思うような時間をたくさん過ごした。

しかし晩年は寝たきりであまり歯も磨かず着替えもまめにせず風呂も入らなかった。それでもちっともぜんそくにならなかったし、わりとのんびりしていたしにこにこしていた。

だとしたらあの苦行の時間をもっと楽しくしたらよかったのになあ、と私は単純だからすぐ思ってしまう。

まあ、こういうことこそ、単純でいいんじゃないかという気もする。

私の場合を申しますと、死にかけなかったらわからなかった枠の外体験、筆がまだついていかずに、いろいろ試行錯誤して作品にしようとしているところです。せっかく多少の才能と書ける技術を持って歩んで来たので、このことをできるかぎり表現していこうと思っています。

日常の中では、やらなくちゃいけないことを優先しないで、楽しいことをほんのちょっとでも優先しようと思うようになった。

さらに、楽しいことをしながらも、楽しいという抽象的概念と最も遠い地道な形で体を動かすのがコツ。

そうするといきなり流れができるから、驚くことが多い。

そのほうが、後回しにしたことの不義理を取り戻せるチャンスも必ず来るから、結局時間の得になる。

あと、その場に参加したからには文句を言わない心構えもとっても大切と思う。

私は大勢が来る家で育ったから、集まったらとりあえずなんか飲んで食べようか、というのは一生治らないし治さなくていいなと思っているけれど、たとえばうちの夫みたいに静かな家庭の一人っ子にはそれが苦痛な場合もある。

その違いを恐れないこともだいじかもしれない。人に押しつけないことも。押しつける場合は愛をもってただちょっと勧めてみることとかね。

いつのまにか巻き込んで疲れない程度に抜けてもらうとかね。

あと、自分が苦手なことを押しつけられた場合にそっとしかしきっぱりNOを言う勇気とかね。

でもこれがまた、ちょっとしたくないことにいちいちNOばっかり言っていると、全然キャパシティが広がらない人生になって行き詰まる。同じメンバー、同じ会話、ちょっとした刺激、そしてまた同じ日々、という感じで十年はあっという間につぶれる。同じメンバーで安心して集うためにそれぞれが旅に出て話を持ちよらないとなにも動かない。

例えるなら、わざわざバリに行ってハエがいやだからごはん食べれない、と言うとかそういうことになる。で、殺虫剤バリバリの人工的なホテルに行ってバリ楽しいなって言っても、景色はプーケットもモルジブもハワイも変わらない、プール、ビーチ、ピナコラーダ、みたいな退屈なことになる。

それでいい人は全然それでいいとも思う。

穏やかに過ごして死んでもいい人、枠の外なんて見なくてもいいという人もたくさんいるけど、それはそれでいいと思う。

私だってなんだかんだ言って、生きているだけで嬉《うれ》しいから、その気持ちもよくわかるから、全然否定できない。

人は自由で、責任は自分ただひとりがおうのだから。

私にとってはその枠について、枠を壊すとどうなるかについてなどなど、ただ探求するだけでとにかく人生は忙しい、ぐずぐずしてるひまはない。

で、話は戻って実家に関して言えば「そりゃあ親が永遠に生きてくれて、ずっと実家があればいちばんだけど、こうなっちゃったら姉には楽しく暮らしてほしいからもう慣れた」がいちばん正確な表現だ。

今の私には、お年寄りがボケて「家に帰りたい」という気持ちがほんとうによくわかる。

私が帰りたいのは、今姉の家になった実家ではなく、昔住んでいた、となりに幼なじみの植松さんがいた、千駄木の家なのだなあと思う。私が子ども時代を過ごしたあの家。

だから私にはもう実家がない。

最愛の家族である姉の家が新たに生まれただけ。不思議……。

そんな実家から、ひとつだけ父の形見にと、祖父が作ったというタンスをもらってきた。生前からもらう約束をしていたものだ。ダンベルとか血まみれの手帳とか虫眼鏡とかはもらったけど、大きなものはそのタンスだけ。

はじめはうちにそれがあるのを見るたびに悲しかった。

「ええと、これがここにあるってことは、お父さんは死んだんだな」

と毎回びっくりしながら思ってしまうのだ。

でも、今はタンスを見るとなんだか希望がわいてくる。

真冬のひどい雨の日だったのに、はっちゃんと夫と、さらに腰が痛かった石森のおじさんと、父方のいとこがみんなでそれをちょっとずつ手伝って運んでくれたことをあたたかい気持ちで思い出す。

力強いもの、今、新しい時代の思い出がそこにあるんだなあと思う。

生きてる人は、他の生きてる人のためにまだ生きるのだ。

るなちゃんのママと電話で話していたら、このようなことを言った。正確に覚えていないけれど、だいたいこんな感じ。

「去年の今頃はここにいたのにな、と思うとたまらなく淋しくなりますけどね、でも泣こうがわめこうが暴れようがのたうちまわろうが、もう帰ってこないんですからね、しかたない」

とても明るい声で。

でもこれは泣いてわめいて暴れてのたうちまわったことがある人だけが、はじめて明るい声で言えること。

同じ気持ちを味わった人たちには、そのことが声の調子だけでわかる。そういうことだと思う。

かなり自分が甘かったな、と認識したのは、本格的な不況になったら出版社が作家を切り捨てはじめたことだ。作家というとちょっと語弊があるか……。

出版社が文化を切り捨てはじめたことだ。

これは「出版社」と「文化」をいろんな言葉に置き換えることができて、今、あちこちで起こっていることなんだと思う。

恨み節とか「あんなに出版界につくした私をなんとかしてよ」という話ではなく、つまり、不況はそこまですごくなっているんだなあっていうことだ。

これが遠くない未来の食物不足と飢饉《ききん》に及ぶ前に、なんとかしなくちゃいけないんだろうと思う、人類は。現代の技術があればなんとかできるはず。

不況になるといちばんに文化をカットするのはアメリカの出版社と同じやり方で、ここまで日本はアメリカになってるんだなあ、としみじみと思った。


そこで少し考えた。

自分の事務所の収支もシビアになってきているので、数人の人のお給料をこれまでの「共産主義的どんぶり勘定」から「能力と時間に応じて少し変える」に若干修正したとき、私には同じような気持ちがなかったか？

私の気持ちとか好みとかひいき目ではなく、純粋に能力で判断できているか？　それをしないため結論としては、もっともしたくないことは「クビを切ること」。それをしないためのそれの考え方だったので、自分では「よし」と思った。

じゃあ、自分が今「かろうじてクビを切られないだけの状態なのか？」と言われると、してきたことはそこまでひどくないと言い切れる。だからこそ、このままではいられないとも思う。

私はいい時代に育ち、牧歌的なものを信じてこれた世代なんだなあと思った。さしさわりのない例えを言えば、父の晩年には放っておいても全集くらいは出るだろうと思っていた。

やりたいという編集者はいたし、目次まで編んでいた。

でも予算がどこにもないって言うわけだ。どの会社にもないと。

そのとき、出してはくれなかったけど（笑）、超忙しいのに担当者に押しつけずにたったひとりでやってきて快く相談に乗ってくれた文藝春秋の平尾さんにはもちろん感謝している。だからあの会社に平尾さんあるかぎり、縁をつないでいこうと思っている。困ったときに面倒がらずに相手してくれた人に人は義理を感じるのである。それはあとで本人に有形無形の形で返ってくるものなのである。

いろいろこの世の全集事情を聞いてみれば、たとえば石原元都知事の選集だか全集だって、無条件では出なかったという。

私はあの方を応援はしていないけれど、それにしても、作家で政治家という特殊な人生を歩み、作品のクオリティが高いのだから、とりあえず残しておこうという動きは文化にとってはあたりまえの構えだと思うのだ。

だれかが生涯をかけて仕事をしたから、それをいったんくくっておこうくらいの予算がないなら、いっそもう出版という事業自体がこの世になくてもいいんじゃ……。

まあ、慎太郎さまでむつかしいなら、父なんてもっとむつかしいだろうと思う。もっと言うと、全集なんて出なくても私は別にかまわない。

父の仕事は全集があるかないかで判断されるものではないし、父の人生は父の仕事よりもずっと大きなものだったからだ。その大きさは個々の人物に及び、受け継がれていくのだから、別によい。

にしても、手っ取り早く売れそうなものはりきって出すのに、選集とか全集とかいう売れそうにない話になるとみなそうっと抜き足差し足で逃げていくあの感じ。

それじゃあ、大発展の余地は生まれるはずがない。安全パイの中の小さな揺れがあるだけだ。「ワンピース」がそんなに人気なかったからって一巻で打ち切っていたら、「ジョジョの奇妙な冒険」が最初全然誌面になじまなかったからって第一部で終わっていたら、今頃集英社はどうなっていたのだろう？　荒木先生が東京に出てくるのを「リスクが高いからやめてください」なんて言っていたらどうなっちゃっていたの？

そんな手っ取り早くない判断&投資を企業がしたから、今があるのかも……。

とにかく作家、アーチスト関係から聞く話は、親が不動産を持ってるとか外国籍だとかフリーメーソンにでも入ってない限りは全部閉塞感《へいそくかん》でいっぱいで、いろいろな人の本を出版する話に関しても「気持ちは出したいんすけど、ぶっちゃけ会社つぶれそうっすからムリっす！」程度に正直な人さえいない。

いい感じ～のことを言って、手は汚さないが、動きもしない。

その様はやくざよりも汚く、金貸しよりも非情。金貸しに聞いたら「子どものいるうちに取り立てに行くのはいちばんつらいけど、もっとつらいのはそれを知っててわざと子どもを電話口に出す親だ、自分が借金作ったくせにそんなことをするのを見るのがいやだ」と言っていたから多分間違いないだろう。

とにかくあの表面は優しいいい感じがどうにも合わない。

企業は文化を守るために芸術に投資するものだと思っていたのは、わりと経済上り坂の時代にある海外、主にヨーロッパやユダヤ圏、経済成長中のアジア諸国との仕事に慣れすぎた私の甘いたわごとだったんだなあと思う。

「そんなこと言ったって、よしもとさんは売れてるからまだいいでしょう」とよく言われるが、そんなことはない。私レベルの知名度でも小説だけで食べて行けるほど書くのは至難の業だ。

ただただいい作品を創《つく》ろうと思い、さまざまな仕事をセーブして小説一本に操《みさお》をたてていた私、いろんな場所で低賃金でも心をこめて働いていた私だが、全く文化が守られる気配がないばかりか「食事ならいくらでも高いところでしてもらっていいけど、取材費は一切出せない」とか「低予算でできることならいくらでもやってもいいが、そうでないと上からお金が出ないので」とか「できれば無料でお願いします」とか「大量に売れない本を作るのはやりがいがありますが、大量に売れないに決まってるから、ギャラはぜひこのくらいでお願いします」とか「原稿もらったけどまだ読んでません」とか「忙しくてゲラを見せないでつい黙って出版しちゃいました」とか「これから依頼しようと思ってたので、次号広告に名前載せちゃいました、すいません、今からお願いしま〜す」とか「字が小さくて面倒だったからゲラ見てませんでした、ごめんなさい」とかいうおもろい話ばかりで、売ろうとか、広めようとか、ただでもやるけど必ず回収するとか投資してみようという情熱的な感覚がゼロだ。

これじゃあ、現場の人たちは中場利一《なかばりいち》さんにいちいち蹴《け》られてもしかたないと思う……。

ということなので、普通に出版社以外の企業や海外の出版社と仕事をすることも来年はやっていこうと思う。知っていることを人に伝える仕事もしたい。

昔、ベネトンの広告の仕事をして、ルチアーノさんと現場に立ったことがあるが、そのシャープさときたら、目が覚めて気持ちが明るくなるほどで、日本の現場が悲しくなった。

日本のスタッフがなんとなく立って見ていたり、むやみに名刺を渡し合ったり、うわさ話をだらだらしたり、やたらにぺこぺこしている間に、ベネトン側ではメイクも写真もライターもスタイリストも目をキラキラさせてサクサクサクサク動いていた。一目その人を見れば、どういう生活をしてなにに対する感性が際《きわ》だっているかすぐにわかった。

彼らは仕事をさくっと終えたら、それぞれのしたいことにまっすぐ帰っていく、そのことまで理解できた。オタクはホテルでパソコンへ、踊り好きはクラブへ、買い物好きはショッピングへ。そしてそれがそれぞれにとって寝なくてもしたいことだから、翌日もバリバリ働く上に全部が仕事に直結しているのだ。

それを友だちに言ったら、

「あんたは本当に外国が好きね」

と言われたが、そうじゃない。

いや、もしかしたらそうなのかもしれないが……。

私の育った頃の日本は、公害もすごかったし、汚職もハンパじゃなかったし、いいところばかりではなかったが、少なくともほんとうに好きなことを持っていた人が多いし、それを助け合いで人に分けてあげる人も多かった。そんな時代に育っているから、今の雰囲気になじめないだけかもしれない。

優れたものが好きなのだ、気分がいいから。さわやかだから。

優れていないものが好きじゃないのだ、だらっとしていて、もやっとした気持ちになるから。

私の優れてないところを、その面で優れている人がさっと補う。人と人は補い合って、調和のとれた円ができる。もちろんそこには愛がいっぱいある。相手の弱さを許す愛や、作品への愛、その現場への愛。

すると最短の美しい形で発信される。それが仕事の本質だと思う。

森先生もよくおっしゃっていたが、出版社はマスオさんが働いていた時代のままで営まれているから、不況になったらへろへろになっちゃったのだ。

もう日本の経済はあかんとなったら、もちろん海外企業の広告収入だって減るけど、それで困ってる人もいっぱいいるだろうけど、そんなの前からわかってたことだ。

つまり私も含めて危機感がゼロ。そりゃあ、Amazonに参入されたら負けるよね……。

その牧歌的なところが日本らしくていいといえばいいけど、他国に搾取《さくしゅ》されほうだいといえばされほうだい。

多分長丁場になるし、下手するとそのまま自分自身を丸ごと輸出しなくちゃいけないのでたいへんだが、これはもう、日本が日本の文化を守ろうとしないのが悪いので、しかたない。

あれこれ言っていてもしかたない。ただやるだけだから、別に悪口ではない。死ぬときに後味悪い死に方をしたくないので、気持ちよく生きるだけだ。

ただただだいいものを創り、認められずに死んでいった人はたくさんいる。ほんとうに、たくさん知っている。

そういう人たちを、ぎりぎりのカツカツでもそっと密《ひそ》かに支えていた出版社があった時代も知っている。

今はそういう時代ではないようだ。

私はもの書きとして必ず生き延びようと思う。

もう時間がないのだ。この世を少しでも変えないと。日本をとれもどさないと(笑)、日本のよきところはほとんど絶滅しそうだ。いいところがたくさんある国なのに。

せめて日本の良さを自分は伝えていきたい。世界に、次の世代に。

もちろん、個別におつきあいしている編集者の方たちはほんとうにいい人たちだし、常に作家と会社の板挟みに苦しんでいるし、だいたい彼らにはお金を動かす権限がないので、全く恨みはないです。みんなを愛していますし、まだまだいっしょに仕事をしていきたいです。

でも、私が日本にいる時代ももう最後の秒読み段階に入っているような、そんな感じがする。できれば日本にいたいし、日本を好きでいたい。だから最後のがんばりを、小さな力だけど、力を抜きながら、鼻歌な感じでやってみよう。

兄バイスをもらったお礼に、兄貴(丸尾孝俊さん)に会いにインドネシアに行った。ただお礼が言いたかっただけだ。お小遣いがほしいとか土地ちょうだいとか土地買うから家建ててとかどうやったらお金が増えますか？　教えてとか、そういうのでもない。

お礼に行くのだから世話になるつもりはなかったのに、クロちゃん（報酬はハンバーグ一個だけなのに）と川口コーちゃん（報酬は錦松梅《きんしょうばい》一箱だけなのに）の力で、すっかり移動や宿の手配をしてもらってしまい、たいへん世話になった。

私は下町育ちだから、昔風の暴走族とかやくざの事務所の人たちがいっぱいいて、それはそれは頼もしい環境だった。血とかケガとかはよく見たけど、それをおさめるすごい人っていうのが必ずいたから、安心できた。私はオタクなメガネっ子だったけれど、みんな優しかった。

女性は女性らしくあるのが仕事で、あとは男の人生とネットワークに対してよけいなことを言ったりしたりしないのが原則で、絶え間なく体を動かしてしっかりしていれば、そしてそれぞれの形で（リーダーの女は色気や愉《たの》しみで、リーダーの部下の妻は部下を支えることで間接的に）ついていける人徳を持つリーダーに力を与えてあげられれば、なにも問題がなかった時代の人間だ。

だからその原理で回っている雀鬼会《じゃんき》とか和僑《わきょう》とか、とっても懐《なつ》かしい。……っていうかただ生きてるだけでやくざ似（似って⁉）のお友達が増えていくのはどうしてなのだろう。それほど時代は世知辛いということなのですね。

兄貴のなにがすごいのか、実際会ったらよくわかった。

楽しくないことでも意地でも楽しんでいるし、楽しくないことと楽しくないことの隙間《すきま》にちらっとでも楽しいことがあったら、ぐっとつかめる人なのだった。勘がすごくて絶対におかしなこと言わないのに、押しつけがましくないし、どんな人の言うことも差別しないでちゃんと聞いてる。いつもちょっぴりだけ眠そうなのが超かわいらしくて、それなのにばりばり動いてるところがかっこいい。

兄貴の言ってる面白いことにちほちゃんといっしょに涙が出るまで笑い合ったら、心の中の暗いことがみんななくなっちゃったからありがたかった。

人はみな小さい頃から親の影響下にある。

親と同じくらいの生活ができるようになるために、その生活レベルに合った常識を身につけるように暗黙の押しつけで洗脳されている。

たとえを言うと、レストランでどう振る舞うか、とか、父親の上司にどう振る舞うか、とか、近所のおばさんになにを言ったらうわさになるかとか、そういった細かいことだ。

兄貴の生い立ちは決して幸せなものではないが、そのおかげで彼にはリミッターがもともとなかった。それがどんなにすごい結果をもたらすか、兄貴を見たらよくわかる。

小さい頃から「早く寝なさい」「野菜を食べなさい」「朝は起きて仕事に行きなさい」というのが洗脳レベルでしみこんでいないということは、すごい強みだったと思う。

そんな兄貴の作った世界は、永遠の夏休みみたいな世界だった。

いつでも家には人がいて、寒くなくて、生き物がたくさんいて、そこに行けばだれか知ってる人がいて、おなかが減ればなにかが食べられて、兄貴の存在に守られている。

もちろん大量のお金を扱う施設だから、警備もすごいし、緊張感がある。

でもその緊張感があるからこそ、家の中の結束感、くつろぎ感も増すものだ。

私はうちの父に会いに毎夏土肥《とい》に来ていた人たちがなにを求めていたか、思い出せたような気がした。家族が、親のように自分をちゃんと見てくれる人が、くつろぎが、人間関係がほしかったんだね。

やっぱり人間は自分の思うようにしていいし、集中すればなんでも実現できるのだ。集中できないのは、幼い頃から親や社会に限界をもうけられているからなんだ、ほんとうは人間って計り知れないすごいものなんだ。

やっぱりそうなんだ、と私は素直に思って、自分の小さいところとかこだわりをますますはずしていこうと思った。兄貴を見たら、そのことがほんとうに確認できた。

兄貴に相談している男たちは兄バイスを聞くたびにみんな目がだんだんキラキラしてきて、子どもの頃にそうだったはずのその人たちに戻って行った。毎日それを見るのがすごい幸せだった。

この世でいちばん強い結束は男が男に惚《ほ》れるときだろうと思うから、それを見ると元気が出てくる。男たちは外で遊んで来なさい！　思い切り！　と思う。

バリの自然は朝から晩までどかんどかんとやってくるから、いつでもエネルギーが補充されて寝なくてもあんまり疲れないし、細かいことを考えなくても生きていける。牛と鶏の声で起きるのは楽しい。人の声が歌うコーランをBGMに寝るのは幸せだ。

やっぱり人間はケモノを失っちゃいけないし、かといってケモノになっちゃいけない。知恵を使い、体を保ちながら、毎日毎日バランスして限界を超えていく。

基本と言うか原点はそこだと思う。

兄貴だって私だって敵はいるし、だまされたとか裏切られたとかいう人だって満載だ。

でも、そんなの生きていたらあたりまえのことだと思う。

そんなことを細々考えているひまがあったら、動いて、たくさんの人に会って、笑顔を増やして、お互いに活気をつけたほうがいいんじゃないかな、と思う。

一度きりの人生、なんで自分の作った枠の中できゅうきゅう暮らさなくちゃいけないのか、私にはわからないし、そこを書いていきたいなと思う。

私は自分の作品のテーマが「時間は戻せない、だから今が大切」だと思っていたのだが、そうではなかったみたいだ。もっとつきつめると「枠を壊す過程」というものだったらしい。

兄貴ありがとう。

バリ、ヌガラにて……。
コーちゃん「よしもとさん明日戻りですよね」
私「なに言ってんの、コーちゃん、あさってだって。いやだあ、もうそろそろ私たちの日程も覚えてよう！」
コーちゃん「ごめんなさい……そうでしたね。あまりに人が多くてわかんなくなっちゃって」
私「まあ許してやろう、コーちゃんは忙しいもんね！　でも帰りの車の手配は忘れないでよん」
コーちゃん「はい、大丈夫です！」
とかいうやりとりをしながら、コーちゃんをひじでガスガスどついていた私。
しかし、間違っていたのは私たちのほうで、のんびり出かけて、バッソを三杯おかわりして、別荘見学に行って、ごきげんで帰ってきて「プール入って、寝て、晩ご飯食べてから夜中に兄貴の家にいきま～す」とか言って夜の予定を夢見ながら、ちらっと兄貴の家に寄ったら、ふと兄貴が「この時計、止まってるな。合わせな。今って何日？」と言い、となりの中さんが「二十日です」と言ってもまだ「うっそ～ん」などと言っていた私たちだが、その時刻は実はもう出なくては飛行機に間に合わないときであった。はっと気づいた私たち。

「兄貴！　ごめんなさい、今すぐ帰ります！　日にち一日間違えてました！」と言い、みんなにばたばた挨拶《あいさつ》をして、むりやりに空港に飛ばしてもらって、なんとか帰ってきた。

バカですね～。

兄貴「南国やからね。必ずおるんよ、こういう人。空港のカウンターに行ったら毎日二、三人はおるね！　とりあえずカウンターで『よしもとばななです～、乗せてや～』って言うてみたら？」

コーちゃん、どついてごめんなさい。

兄貴、偶然日にちを聞いてくれてありがとうアゲイン。いや、ああいうのってきっと偶然じゃないんだな。兄貴はやっぱりすごいな……。

あとがき

たぶん人生でいちばんついてない年、そしていちばん心に残り、成長できた年。それが私の２０１２年だった。

だれに依頼されたわけでもなく書いているのはサイトのこのシリーズだけで、自分の本体よりも三割くらい作家度を増して、なるべくものごとを言い切るような文体で書いているし、言いたいほうだいだ（笑）。

読んですぐに「なるほど」とわからないような、少し複雑な書き方をあえてしているところもある。

小説ならなによりも人にわかるように書くことが重要だけれど、サイトは「いっしょに考える」ことに主眼を置いている。なので心にふと残り、いつか共に腑《ふ》に落ちるような、そんな書き方をしている。今は自分で考えて自分なりの答えを出さなくてはいけない時代だから、そのほうがいいと思った。そして巻を追うごとにもし私の中に答えらしきものが出てきたら、それも書きたいと思う。

私が家族や友人の死からだんだんと立ち直っていく様子は、小説に加工されていない分かなり未熟なものだけれど、その分生々しさがある。同じ体験をした人たちが歩んでいくための塚のようなものになるといいと願っている。

亡《な》くなった人はほんとうに天に昇ってしまう直前に家族のもとに会いにくるみたいだ。

るなちゃんのママと話していたら、ちょうど百箇日法要を終えた夜の夢の中にるなちゃんがすごくにこにこしながらやってきて「会いに来たの」と言ったそうだ。あまりにも顔色がよくて、ふっくらしていたので、ママは「あんたきれいねえ！」と思わず言ったら、るなちゃんは「こっちのみんなと仲良くしていて楽しいし元気だよ。今日はこれからみんなで男鹿《おが》半島に行くの」と言って去っていったそう。それを聞いてほっとしたし、るなちゃんのママの気持ちが少し明るくなってほんとうによかったと思う。

うちの母もだいたい三十五日くらいでリアルな夢に出てきたし、父は十四日くらいだったから、昔の人がその日付を決めたのには有無を言わさない理由がありそうな気がする。人類みな同じな脳内のしくみが生み出す幻なのかもしれないけれど、天国にいる人たちがみな安らかであるようにと願う気持ちには変わりがない。

るなちゃんのおうちのそばには、小さくて活気のあるすてきな商店街がある。年末にそこを少しだけ散歩してみた。あまり外出できない彼女はきっと毎日ここを歩いただろうと思うと、胸がいっぱいになった。るなちゃんの好きだった水上バスにも乗って、彼女が愛した町を眺めた。最後に会ったホテルのロビーにも行った。生きている人は思い出を大事に、これからも生きていかなくてはいけない。

ウィリアムは「お母さんは亡くなってすぐにお父さんよりもうんと高い場所にぴゅ〜んと登っていってしまって、お父さんが『ありゃ、あんなところまで行っちゃったかあ』とびっくりしている」と言っていた。真偽のほどは確かめようがないのが死というものだけれど、そのふたりの性格をよく知っている私にはあまりにもその様子がリアルに目に浮かびすぎて、思わず笑ってしまった。

とても忙しい2013年はもう始まっている。

私も月の半分くらいは仕事で海外にいるようになった。

波瀾万丈《はらんばんじょう》な一年の学びを、次回もいっしょに考えていければと思います。

この本に関わってくださった全《すべ》ての方々、事務所のスタッフ、新潮社の古浦郁さん、デザインの望月玲子さん、山西ゲンイチさん、ありがとうございました。次回もよろしくお願いします。

おまけにアプリとして販売している「Banakobanashi」をちょっぴりつけてありますので、そちらもお楽しみください。

２０１３年２月

よしもとばなな

変 化

じめじめっとして、冬はからっとして、夏は半日陰、そういうところで生きていく植物たちが、どんどん枯れていく。

気候がおかしいから、夏が暑すぎて、冬は雨ばかり降っていたから、その負担に耐えられなくって、枯れていく。


熱帯の植物が育つようになった。冬もそんなに寒くならないから、つるをはわせ、とげをのばし、どこまでもぐんぐんのびていって、家を覆《おお》いそうにぐんぐんのびる。


そのことに、いろんなことを重ねあわせて悲しむことも、おそれることもできる。昔はこうだったのに、これからどうなっちゃうの？

でも、私は、いつだって今を見ていたい。

今、目の前で起きていることを、目をひらいて、できれば心もひらいて、観察したい。死ぬそのときまで。だってそのために生まれてきたんだからね。

はないとわかっているから、恋ははかないのだろう。

お互いが確認してしまったら、あとは山を下るだけ。


やがて、そのふたりが結婚して、まるで同じ人間みたいに似てくる頃、いつのまにかもう一回お互いの壁紙になる魔法がある。

今度の壁紙はもっと淡い色彩だけれど、恋のときよりずっと安定している。

多分、どちらかが死んでも消えはしない。それもまた人間の使う大きな技だ。


でも、恋のまっさかりは。

あまりにも好きすぎて体が痛かったり、ちょっとしたことを思い出して眠れなくなったり、寝ている顔をただただ海や空や懐《なつ》かしい景色みたいに何時間でも眺めていることができたり、その人が生きてすうすう寝息をたてているだけで涙が出たり、ひじのところのしわしわやひざの黒ずみまでなでなでしたい気持ちだったり。


小さい頃、親がそういう目で自分を見てくれたことを、だれもが懐かしくどこかに抱いてるから、恋をしてだれかをそんな目で見たり見られたり、また次の世代をつくろうって本能が伝えてくるのかもしれない。

恋

　恋のいちばんかんじんなところは、相手がたった今この瞬間も、多分自分のことを考えてると思うことだと思う。

　その人がその人の日常の中で過ごす、自分と会っていないいろんな時間、だれかとしゃべっていても、仕事に走り回っていても、寝ていても、ごはんを食べていても、ほとんどの時間、その人の考えの背景に、まるで壁紙みたいに自分の声や笑顔や仕草が焼きついてると確信できるとき、人は最も切なくなる。恋の力はマックスになる。

「あの人は、もしかして私を好きなんじゃないかな、かなり、夢中に」

　確信は今にもつかめそうでつかめないうえに、こんなふうにお互いがお互いを心に抱いて歩いている時期は決して長く

そしていろんなものが光に包まれてぽわんとにじんで見える。

てっちゃんも光に包まれて見えた。

でもその目だけがまるで窓みたいに、くっきりとしていた。

真っ白い雪景色や、連なる山脈のような、悲しいほどきれいな風景だけが見える窓のように。

毎日、お店の前を通ると、無意識にてっちゃんをさがしている。

だれも見ていなくてもいっしょうけんめいにお店のわきをかたづけて、汗をぬぐっていた細長く平べったい姿は、植木の緑のもこもこや壁のくすみや窓に射《さ》す光と同じくらいに、町の風景だった。愛すべき、欠けてはいけない風景だったのだ。

これからもどれだけのことを失い、どれだけのものに出会っていくのだろう。

どうせてっちゃんのいないこの毎日の中で。

てっちゃんが、あんなに狂おしく戻りたいと思ってなかったらいいと思う。

そう思うだけで、鼻の奥が痛い。そうでありますように、今頃、どこか別の世界で、すっかり楽しくなっておしゃれしてバイクに乗って、女の子たちにモテモテで、俺はいったいあんなところでなにをやってたんだろう、戻りたい気持ちなんてひとっかけらもないね、と思っていてくれたら、どんなにいいだろう。

てっちゃん

もう会えないてっちゃんが夢に出てきた。
そんなに近い関係ではないから、不思議だった。

てっちゃんは、いつものようにお店でてきぱきと働いていた。
長い手足を器用に動かして、心をこめて、お皿を下げたり、飲み物を出したり。
夢の中の私は、てっちゃん戻ってきたんだ、と言い、
夢の中でもてっちゃんはいやいや、違うんです、今日だけなんです、すごく戻りたいんだけど、そうはいかないんです、と言った。

そうはいかないのか、と私は思った。
夢の中の照明はいつでもほんものよりももっと黄色っぽい。

「もう二度と乗らねえ、二度と乗らねえ」

と彼に向かってつぶやいていた。

彼は苦笑し、私は心の中で大爆笑していた。だって、そりゃ、このくらいのことが起こりうると予想できない方がおかしいよ、急流川下りなんだよ。


降りてから、彼女と彼は乾燥の温風機みたいなもの（そんなものがあるってことは、そりゃ、みんなぬれるってことだよね）の前で、まだケンカしていた。彼はずっと苦笑していたけれど、そんな彼女をいやだとは思っていないみたいで、ふたりは青空の下、ケンカしているけれどなんとなくのどかに見えた。


あの若さだと、きっと別れちゃうかもしれないけれど、もしも今日も仲直りしたあのふたりがこんなふうにケンカしながら、クリスマスやお正月をいっしょに過ごし、もしかしたら彼が苦笑しながらプロポーズして結婚して、子どもを作って、そんなふうに続いていく人類ってなんだかとっても愚かな感じがする。みんなあたりまえのことをこんなふうにあたりまえにくりかえして、続いてきたんだ。ボートに乗ってぬれてふくれて、仲直りして。

愚かだけれど、なんてかわいいんだろう。人類って。そんな程度のことでここまでやってきたなんて。

びしょぬれ女

遊園地のラフティングみたいな乗り物に乗ったら、ボートが相席になって、二十代のラブラブカップルが乗ってきた。ふたりともヴィトンのバッグをがっちり持って、彼女はひらひらのワンピースを着ていた。

この乗り物、水がはねると思うんだけどなあ、と思いながら見ていたら、あんのじょう、急流のカーブを曲がるとき、ばっしゃ〜んと彼女が水をかぶった。

また、こういうときに限って、こういう人がいちばんぬれるんだよね。他はそれほどでもなくてげらげら笑う程度だったけれど、彼女だけはしゃれにならないくらいびしょぬれになった。

髪の毛から水がしたたるくらいぬれて、服はすそをしぼったら水が出てくるくらいになって、ヴィトンのバッグにいたっては、色が変わっていた。

彼女は低い声で、

そして言った。

「ねえ、どうしてせっかく久しぶりにともだちに会ってるのに、そんな暗いはなしばっかりするの。もっと明るいことをはなしなよ」

平和ボケでお菓子なんてたべほうだいで、教育も受けることができて、いつでもゲームしてて、夜中に親と喫茶店に来てお茶飲んで、そんな子どもにそんなこと言われたら、そりゃちがうだろ、世の中にはもっとたくさんのことがあるんだ、おまえにはまだわからないよ、なんて言いたくなるのが人情だけれど。子どもにそう言うのをくりかえしてきたのが大人たちだけれど。世の中はどうもあまりよくなっていないみたい。

もしかしたら、もしかしたらだけれど、世界中の人が、せっかく久しぶりのともだちに会うときにいつも明るいことを話すほうが、よっぽど世界は変わるのかもしれない。

そんな気がした、君は正しいみたいだ。

正しい

　ともだちのちほちゃんがインドの孤児院にボランティアで行ってきて、いろいろなことを考えながら帰ってきた。

　ちょっとのあいだをいっしょに過ごしたからって、なにをしてあげられるわけでもないし、そこに住めるわけでもない。また行ってあげるくらいのことしかできない、また会いに行ってあげなよ、もう来るはずないって思うのがきっといちばんつらいことなんだと思うよ。それにしても日本もそうだけれど、お金持ちはいっぱいいるのに、どうしてそういうことってなくならないんだろうね、そんな話をしながら、お茶を飲んでいた。

　うちのチビは、となりでそれを聞きながら、ジュースを飲んで、携帯でゲームをしていた。

あったみたいだし、これまでにもいろいろなバイトをしてきて、私からしたら人生経験の先輩と呼びたいくらいの人だったが、後から入ってきたし、年下だったので、私が指導することになった。

私はさばさばした江戸っ子で、なんでもぽんぽん言ってしまうので、なにを言ってもまるで叱《しか》ったみたいになって、かよちゃんが毎回縮こまるのがわかった。縮こまるから、ちっとも覚えない。

こまったなあ、そんなつもりはないのにな、と思ったり、腹をたてるのは簡単だ。

でも、あるときふと、かよちゃんのかわいい手やあごの形や大人っぽい目を見て、これまで生き抜いてきたんだなあ、愛《いと》おしいなあと思ったら、素直に一拍おいて、私はしゃべりかけていた。これまでは、

「ほら、お客さん、それ取って！　私持ってくから」

と言っていた私は、そのとき、お客さんが来てからのったりと体の向きを変え、

「まずおしぼりを用意してくれる〜？　私、水入れてる」

と言った。それがきっかけでうまく回りだした。かよちゃんは縮こまらず、ゆっくりと確実に、現場のルールを体得していった。

かよちゃんありがとう、と今でも思う。あの瞬間の気づきがなかったら、私は今、子どもなんか育てられてないよ。

やさしい言葉

優しい言葉を口から出すにはどうしたらいいか。

優しくしなくちゃと思ったら、それはむりしていることになるので、やがてうっぷんがたまり、逆の方向に感情が爆発する。

一拍おくのだ。

ただそれだけで、優しく柔らかく、タイミングを呼びこみ、一瞬の思索のきらめきを見つけるチャンスを得ることになる。

じゃあ、私はそれをどこで体得したのかと思って記憶をさぐっていたら、昔カフェのバイトをしていて、うんと年下のかよちゃんといっしょにシフトに入ることになったときのことが浮かんできた。かよちゃんは、おうちの事情もいろいろ

Banakobanashi

本書は新潮文庫のオリジナル編集である。
なお、巻末には、平成23年12月株式会社G2010から刊行された
電子書籍「Banakobanashi」の一部を併録した。

人《じん》生《せい》のこつあれこれ 2012

新潮文庫　よ－18－30

平成二十五年四月一日発行

著者　よしもとばなな

発行者　佐藤隆信

発行所　株式会社 新潮社

郵便番号　一六二―八七一一
東京都新宿区矢来町七一
電話 編集部(〇三)三二六六―五四四〇
　　 読者係(〇三)三二六六―五一一一
http://www.shinchosha.co.jp

価格はカバーに表示してあります。

乱丁・落丁本は、ご面倒ですが小社読者係宛ご送付ください。送料小社負担にてお取替えいたします。

印刷・錦明印刷株式会社　製本・錦明印刷株式会社

ISBN978-4-10-135941-0 C0195